MISTE

ANDALUCIA

Mr Patrick Bentley
17 Tudor Crescent
WOLVERHAMPTON
WV2 4PX

UNA COLECCIÓN DE HISTORIAS CORTAS

Por John Hardy

Traducido por Janice Onwuzor

Texto propiedad de ©
John R Hardy 2013

Fotografía de portada
© FranciscoSantiago Guirado
2013

Reservados todos los derechos

LIBROS POR JOHN HARDY

ANDALUCÍAN MYSTERIES

MORE ANDALUCÍAN MYSTERIES

6.10 FROM DARLINGTON

CON HEIKE VAGEN:

ANDALUSISCHE GESCHICHTEN

CON JANICE ONWUZOR:

MISTERIOS DE ANDALUCÍA

CON URSULA A. FEILER:

NOCH MEHR ANDALUSISCHE GESCHICHTEN

CONTENIDOS

ACERA DEL AUTOR 5

AGRADECIMIENTOS 7

PRÓLOGO 8

LA VID 9

CAVEAT EMPTOR 21

HERMANAS 29

LA PENITENCIA DE LA TÍA SOLTERA 37

CONSECUENCIAS 49

DINERO FACIL 53

EL TRAMPOLÍN 57

BRYNTOR 69

UN ATRACO 77

EL CIEGO 85

POR ENCIMA DEL BORDE 94

LA ÚLTIMA PALABRA 101

ACERA DEL AUTOR

Un inglés, nacido en el año 1934 en una aldea de la costa, que se llama Marske-by-the-Sea en Cleveland, North Yorkshire. Se educó en el colegio de la aldea, después a Sir William Turner's Grammar School, Coatham y Redcar. Cuando terminó allí, aprendió y trabajó durante muchos años como un técnico que se ocupa de mediciones y calculo de materiales. Desde el año 1971, trabajó como profesor universitario en Anglia Ruskin University jubilando anticipadamente en el año 1986 y trabajó como homéopata y acupuncturista. Posteriormente, junto con su segunda mujer, administraba un hostal y restaurante vegetariano en el North Pennines, cerca de Alston, Cumbria.

Durante su vida, ha publicado muchos cuentos cortos para las revistas del Costa del Sol, algunos artículos sobre medicina natural, algunos artículos de estudio para cursos de construcción y un libro técnico sobre medición de ingeniero civil.

Tuvo cuatro hijos con su primera esposa, tres niños (uno murió por problemas de corazón) y una niña. Actualmente tiene cinco nietos, cinco nietos políticos y una bisnieta política. Durante su vida, ha vivido en muchos sitios diferentes en Inglaterra, incluyendo Marske, Buckhurst Hill, Norwich, Chelmsford y Garrigill, Alston. Desde hace veinte años, vive en Sedella, un pueblo pequeño en la Axarquía, España junto con su segunda mujer Wendy (quien corrige y publica su trabajo), un caballo, una mula, un perro y un gato.

AGRADECIMIENTOS

Me gustaría dedicar este libro a Wendy, sin cuya ayuda y apoyo no se habría producido. Por no hablar de su máquina de escribir y su dominio de la palabra para ponerla en el formato correcto.

También me gustaría dar las gracias a Paco, pintor y decorador, saxofonista pero sobre todo el fotógrafo y amigo, de la foto de Sedella de la portada.

Por último debo agradecer a 'la gente de mi pueblo', que nos dieron la bienvenida a Wendy y mí.

PRÓLOGO

Una colección de 12 cuentos de delincuencia, misterio y suspense desarrollada en la Costa del Sol, algunos con un toque de humor y el resto con un giro al final. Las historias involucran expatriados británicos y turistas con residencia o estancia en la costa, muchos de ellos involucran sus relaciones con el vecindario.

Todas las historias se desarrollan en situaciones reales, aunque algunas de ellas usan nombres ficticios de los pueblos, en lugar de sus reales. Como ejemplo de esto, el banco y el pueblo descrito en 'Un Atraco' en realidad existen como representantes en la historia, sin embargo el nombre y la ubicación del pueblo son ficticios. Muchos de los eventos utilizados en las historias están también basados en hechos reales, algunos de los cuales ocurrieron, o fueron presenciados por mí mismo, pero otra vez las historias no relacionan los hechos ocurridos. Un ejemplo de esto es el bar en 'La vid', donde a un residente local inglés siempre se le dio, como una cuerda para el camarero, leche caliente con su té, no fría como ella quería.

LA VID

    Era mediodía y el hombre estaba sentado fuera de un bar, con el calor que echaba el sol de septiembre, un lugar que él había descubierto en su mapa como el Axarquía en el sur de España. Desde donde estaba sentado, justo al lado de la puerta, podía ver por encima de su hombro derecho al camarero solo, en un bar vacio, ocupado lavando vasos de lo que había quedado como resultado de hora de comida muy ocupada. Mientras miraba el camarero le vio y sonrió levantando los hombros. "Mucho trabajo y poco dinero", dijo. Sin entender ni una palabra y no queriendo mostrar su ignorancia, gruñó "Er sí," respondió y rápidamente se autocorrigió "Si, si, OK, si." No sirvió de nada así que pensó que debería, concentrarse en la frase del libro que había comprado en el aeropuerto de Gatwick hacia solo dos días. Quitó su mirada del bar y agachó su cabeza mirando la novela que intentaba leer. No servía de nada, pensó, ¿por qué no había comprado algunos libros para leer con frases del Español/Inglés que había en el aeropuerto? Había cogido al azar de su librería antes de salir de su casa. Fue un libro que había quedado de su infancia, Dickens, cuentos de dos ciudades. Sin contar que intentaba concentrarse en su contenido pero su mente no se enfocaba en ello para nada.

    Eran los mejores tiempos, eran los peores tiempos, pensó malhumorado. No solo era los peores tiempos. ¿Qué hacia ahí de todos modos? Nunca había ido de vacaciones, nunca y cuando cogía tiempo libre, lo pasaba viendo criquet o fútbol o programas de decoración, eso o viendo la tele añadió honestamente. Es todo culpa de Jennifer, ella, su hermana había insistido. "Sal, toma el sol, relájate" ella siguió hasta que el aceptó, solo para tener un poco de paz. Ella organizó todo, reservó su vuelo, alquiló su coche, le compró pesetas y le despidió. "Te veo en dos semanas, disfruta," ella gritó mientras el cruzaba la barrera del aeropuerto. Disfruta, pensó, mirando fijamente a la página delante de él. Pero estaba cansado, necesitaba descanso, estaba hundido después de seis meses de destrozo.

Llevó cosas, tenía 34 años y un exitoso inspector detective con la policía de Eastshire. Un talento elevador. Eso fue parte del problema, estaba totalmente sumergido en su trabajo, uno de las razones porque no y no había por años cogido vacaciones. Reconociendo que ni siquiera había cogido sus días de vacaciones completas. Era tiempo de ser honesto, dar cara a las cosas, de eso debería tratar estas vacaciones, eso y tener un descanso. Solo hacía unos meses Jill, su mujer le había exigido el divorcio. "Nunca estás aquí," quejándose. "Siempre trabajando, nunca vamos a ningún sitio, no hacemos nada juntos. Gracias a Dios no tenemos hijos. Así que ya esta, Andrew, me voy. No es muy tarde para mí, solo tengo 30 años y suficientemente joven para empezar de nuevo."

Estaba aturdido y no podía responder, o al menos, ahora lo admite por la seguridad del tiempo y el lugar. Justo había empezado un nuevo caso arrollador, espantoso y consumía mucho tiempo. De un niño abusado y asesinato. Estaba totalmente consumido y psicológicamente paralizado por ello. Se enfocaba en resolverlo apartándose de todo, incluyendo su propia persona. Así Jill había salido de su vida casi sin que se diese cuenta, por lo menos a primera vista. Y entonces justo hacía dos semanas que se resolvió el caso, pero el sospechoso, sabiendo que había sido descubierto, cometió suicidio y se había culpado por eso también. Porque no fue suficientemente rápido con sus propios razonamientos.

"Mira Andrew no puedes cargarte con todo," dijo su director. "Estás hundido, el caso, uno horrible, tu divorcio, el suicidio de Elliot. Vete de vacaciones, es una orden, tienes derecho a Dios sabe cuánto tiempo libre y no nos sirves para nada en ese estado. Vete, vuelve cuando tengas las cosas un poco más resueltas y las tienes equilibradas."

Así que ahí estaba, bajo el sol, bebiendo una cerveza fría, fuera de un bar Dios sabe dónde, intentando leer un libro que alguna vez disfruto de ello, pero ahora no le podía importar mucho.

Su profunda tristeza y su autocompasión fueron interrumpidas por voces, ingleses. Dos mujeres que bajaban las escaleras que conducen desde la carretera hacia la terraza. De mediana edad, metidas en una profunda conversación.

"Pensé que podríamos parar aquí para tomar algo, no estamos lejos, y puedes descansar después de tu viaje. No sé tú pero estoy muerta de sed." La que hablaba estaba vestida casual con un vestido de algodón y un sombrero que mostraba pelo oscuro por debajo. Su acompañante estaba formalmente vestida y sudaba en un traje de dos piezas. Entraron al bar y la que obviamente vivía en el barrio dijo," ¿Té está bien, Dot? Dos té Paco, con leche," esto último hacia el camarero. "Tendremos leche, perdón leche, Dot, ¿eso está bien? Hacen buen té aquí, en pequeños cacharros no en tazas."

El camarero se volvió hacia su brillante maquina de café situado detrás de él, añadió dos bolsas de té a un cacharro de acero inoxidable y lo llenó de agua caliente, que empezó a sonar y echar vapor por el pico. Entonces cogió un pequeño jarro de acero y lo llenó de leche y poniéndolo debajo del mismo cánula y continuo vaporizando.

"Leche fría, Paco, fría, oh! Maldito hombre. Fría, fría, leche fría," casi gritaba, giró hacia su compañera, "siempre me hace esto, debería de saber ya que siempre tomo leche fría."

El camarero paró y se dio la vuelta para mirarla. "¿Fría, leche fría?" Preguntó con las cejas levantadas y sorpresa exagerada. "¿Fría, no caliente?" "No, no caliente, no caliente," respondió la mujer enfadada. El camarero cruzó mirada con Andrew que le miraba por encima de su hombro y su mirada brillo brevemente, una media sonrisa que formaba en sus labios. La está molestando, pensó Andrew, es obvio que siempre lo hace, devolvió la sonrisa al camarero mientras que este echaba una segunda jarra, pero esta vez de leche fría.

Andrew volvió a su libro, pero algo no paró de sonarle en la cabeza, conocía esa mujer. No seas absurdo, dijo a asimismo, pero el pensamiento permaneció. Algo sobre ella, la manera que ella reaccionó, su ira, su voz. Su mente, su problema de preocuparse, no podía dejar pasar esto. Las mujeres se estaban yendo, miró su reloj asombrado, había pasado quince minutos. Entonces mientras le cruzaban, ella miró de lado hacia él, ahí se acordó. Jane Hobson, la mujer de Alfie, quien había conocido después de que se había escapado de la cárcel hace diez años. Alf Hobson estuvo en la cárcel por robo en un banco, siendo culpable de la muerte de una dependienta durante el robo. Entonces se dio a la fuga, nunca le encontraron y no se recuperó ningún dinero. Andrew solo era un nuevo agente detective, de solo 24 años que había ido a comprobar si sabía algo del paradero del hombre buscado. Se acordó de su carácter desafiante, su ira. "No te acerques a mí," ella gritó. "Vete y déjame sola, no he hecho nada malo."

Aún mientras lo pensaba, se había levantado, pagado la cerveza y empezó a subir las escaleras detrás de las dos mujeres. ¿Qué debe hacer? Jane Hobson había desaparecido casi un año después cuando el control sobre ella había disminuido. Que debía hacer, preguntándose a asimismo. Estaba de vacaciones, en una tierra extraña, no tenía autoridad ahí, ni siquiera conocía las leyes de ahí. Pero aún estaban perdidos dos millones de libras y Alfie también. Vio a las dos mujeres entrar en un coche que estaba aparcado la calle abajo. Entró en su coche, afortunadamente mirando hacia la misma dirección y condujo tras ellas. Debe al menos descubrir ¿Dónde se iban, donde vivía Jane y Alfie? Se preguntaba.

El coche le dirigió atravesando un pequeño pueblo de Tejedos, cerca del bar y fuera al otro lado. A casi dos kilómetros más o menos giró, entrando un chalet. Esta casa estaba encerrada por un seto muy alto. Siguió conduciendo pasando la entrada y aparcó cerca. Cerró el coche y se dirigió hacia la entrada principal y miró con cuidado dentro de la casa. El coche de Jane estaba aparcado sobre grava enfrente de la casa, pero no había señal de vida alguna. Caminó hacia un lado del jardín, se abrió paso al borde de una viña, encontrando un hueco en el borde, y pudo mirar. Estaba mirando una piscina con terraza que se encontraba detrás del chalet. En el agua había una chica con pelo negro muy largo. Jane Hobson salió por la puerta de atrás gritando en voz alta, "solo deja tus cosas en la habitación, Dot, y tómate una siesta. Hola Molly," dirigiéndose a la chica del agua, "la tía Dot está aquí, salúdala antes de que se quede dormida."

Molly Hobson, pensó Andrew, viendo cómo salía de la piscina, ese cuerpo atractivo que chorreaba agua. Solo era una niña asustada de diez años la última vez que la había visto, con grandes ojos oscuros que le miraba temerosamente, con una cara fina, una delgadez rara. Un poco diferente ahora, se quedo pensativo, mirando como formaba esa figura en un micro bikini. Ella desapareció dentro de la casa, volviendo unos minutos más tarde en unos pantalones cortos y un top colorido brillante. "Mama justamente iba a Tejedos para ver a María, la tía Dot está bien casi durmiendo. Te veo en un rato," y se fue. El duro ruido de un ciclomotor empezó desde la parte delantera de la casa y luego se fue por el camino y vino el silencio a la escena. ¿Ahora qué? Pensó.

Caminó de regreso a la esquina del campo, hacia el camino de la entrada y salió. Se fue a la parte baja del chalet y cuidadosamente miró a través de la terraza, hacia donde sentaba una mujer, y a su lado una jarra de zumo de naranja.

"Entra," dijo ella tranquilamente, sorprendiéndole, "¿lejano agente es así? ¿O ahora es sargento?"

"De hecho es inspector," dijo mientras la acercaba. Puedes confiar en Jane, pensó, siempre se dijo que era un pensador rápido e inteligente. Como se había encontrado envuelto con los genes de Alfie Hobson siempre había sido un misterio para todo el equipo que había estado en el caso. Él también la había maltratado, recordó, un brutal golpe. Sospechaba al menos dos muertes y numerosos asaltos.

"Hola, Felicidades inspector. Tenias las orejas un poco mojadas la última vez que nos encontramos", añadió. "¿Estás aquí oficialmente?"

"No, estoy solamente de vacaciones, pero te reconocí en el bar. ¿Cómo supiste que estaba aquí?"

"También te había reconocido cuando nos íbamos." ella respondió. "No ha sido muy difícil, la próxima vez no debas ponerte una camisa blanca si quieres esconderte. Podía verlo a través del seto. También te vi entrar en tu coche y seguirme también. Ahora sin mucho ruido ya que mi hermana está durmiendo. Si estás buscando a Alf, no está aquí, hace años que no le veo." Se dio cuenta que ya estaba colocando un segundo vaso preparado para él en la mesa, obviamente era una mujer lista.

"Gracias," se sentó. "Entenderás que no tengo ninguna autoridad ahora, pero tengo el deber de encontrar a tu marido." Había hielo en la naranja, que era recién exprimido. Era agradable en la terraza, hacia fresco en la sombra de una enorme viña que crecía en un rincón y se había extendido por la zona entera.

"Seré honesta contigo," empezó. "Seguí a Alfie hasta aquí, mandó por mi cuando las cosas se habían calmado. Nunca me había casado con él, a ya veo no sabias eso, alguien deslizo ahí. Súper detective Dodds, pensó Andrew, a punto de jubilarse, con sus trucos de antiguo escuela. Hacia salir confesiones con facilidad y no preocuparse de detalles inteligentes. Pero alguien tenía que haber investigado su antecedente. Siguió, "bien, tenía un pasaporte a mi nombre, Johnson y soy Jane Johnson, o Juana como ahora me llaman aquí. Alf se compró un nuevo pasaporte con el mismo apellido cuando se huyó, tenía suficiente dinero para comprar lo que quisiese," ella añadió con rencor. "También había comprado este sitio antes de que llegara. Pero los del pueblo no le aprecian, bueno es difícil que te caiga bien Alf. Así Molly y yo nos instalamos, pero las cosas nunca estaban bien. Siempre me golpeaba." Dejo de hablar. Mientras Andrew la miraba pensó, es una mujer fuerte, ninguna señal de una mujer abatida, como en el primer encuentro de ellos. "El siempre me pegaba," ella siguió con la historia, "pero podía con ello, hasta un día, golpeó a Molly. Solo tenía trece años a punto de cumplir catorce, ya habíamos cumplido casi un año aquí y se había integrado bien con los niños del pueblo. Iba al instituto aquí, una noche se fueron todos a una discoteca y llegó tarde a casa. No aguantaba ser desafiado, porque la había dicho de volver antes de media noche y volvió a las dos de la mañana, los sitios suelen quedar abierto hasta tarde sabes. No había hecho nada malo, estaba con un grupo de gente y no ocurren problemas como en Inglaterra." Se detuvo de nuevo mirando fijamente a la distancia y continuó de nuevo. "Hasta aquí, por lo que a mí se refiere," le dije. "Yo sí, pero ella no. Le dije que fuese definitivamente."

Andrew se quedo sentado pensando, ¿era verdad? ¿Debería dejar el tema? ¿Pero cómo consiguió hacerle marchar para siempre?, ¿le había amenazado? Contactar con la policía, contarles quien era él. ¿Y qué paso con el dinero? Que aun estaba perdido. Aún si no supiese de verdad donde estaba Alf, pero sabría de eso.

"¿De verdad no tienes idea de donde esta, se fue de verdad y no has tenido noticia de él desde entonces?" Preguntó intentando hacer tiempo. Se quedo callada un buen rato, distraída mirando las hojas de la vid sobre sus cabezas. Por fin rompió con el silencio, interrumpiendo los pensamientos de Andrew. "Antonio, un anciano del pueblo, justo después de que yo llegase con planes de hacer esta terraza, me dijo que si quería plantar una

17

enorme vid sana, que debería hacer lo que los ciudadanos solían hacer en el pasado. Dijo que enterrarían a un burro debajo de la planta y se alimentaría de ella durante años." El ruido del ciclomotor entrando les llegó, seguido de unos pasos que bajaban rápidamente al lado de la casa y apareció Molly en una esquina. "Hola mama, oh hola, ¿quién eres?"

"Este es un viejo amigo," respondió Jane, "vino sin avisar, está de vacaciones y... bueno vino a verme. Andrew te presento a Molly, mi hija, Molly este es Andrew. Ahora Molly, tía Dot y yo vamos a cenar en el pueblo, ¿vendrías con nosotras o tienes otros planes?" Molly estaba mirando a Andrew con una cierta mirada, no está mal, ella pensó y supongo que está solo. El pudo percibir su interés y la correspondió.

Se sintió fresco y vivo por primera vez en meses. Si de verdad Alf se había ido, había decidido no hacer nada para molestar la vida de Molly y su madre. Al diablo con el dinero, pero tenía que asegurarse de que Alf no seguía ahí.

Molly seguía mirándole mientras contestaba a su madre con una mirada de ¿Qué? ¿Promesa? ¿Desafío? "Claro, voy contigo y tu Andrew ¿vendrás con nosotras verdad? Así tendré con quien hablar mientras mi madre y la tía Dot hablan de cosas familiares."

"Bueno, er, no estoy seguro...." arrastrando la frase, queriendo contestar que sí, pero sabiendo que no podía entrometerse con esta familia, el de todas las personas. Aun así hacía años que no se había sentido tan despreocupado y lleno de vida. Esto era la cura que necesitaba, pero……. "si Andrew, vente" dijo Jane, mientras le sonreía. "Genial, arreglado entonces," dijo Molly. "Me voy a duchar, te veo en un rato."

Jane estiro la mano sobre su cabeza y cogió una cantidad de uvas. "De que hablaba, sí, bueno que había terminado con Alfie cuando pegó a Molly, puedes imaginar, ella es todo para mí. Era un hombre muy violento sabes, siempre golpeando alguien y había matado a tres personas de lo que yo sepa. Era violento y vicioso. No sé cómo pude tener algo con él. Bueno si sé, pero entonces era muy joven y salvaje también. Y bueno, como dije, eso fue el final, golpeando a Molly así." Pego un tirón a una uva y lo metió en la boca, ofreciéndole otra. "Toma una uva, son jugosas, dice Antonio que nunca había visto una planta así de fuerte y sana como esta. Le dije, Antonio, cuando puse la semilla, no tenía un burro para poner debajo." Se detuvo otra vez y comió otra uva. Andrew sintió un escalofrío, a pesar del calor del atardecer, corría por su columna vertebral.

"Preguntaste por Alf, si, se ha ido para siempre. ¿Cómo era que le llamaban todo el mundo? Un hombre buey, eso era y era terco, oh, era terco. Terco como un…. terco como una mula, ¿así se dice no?" Andrew se sintió aliviado, con un corazón más aliviado la siguió atravesando la terraza y entraron a la casa. "Voy a coger mi coche y si puedo, me ducho y me cambio antes de que nos vayamos a comer."

Afuera, en una terraza vacía, la vid perdió la refrescante sombra.

CAVEAT EMPTOR

"¿Tuviste unas buenas vacaciones?

"¿Qué?" levanté la mirada del papel enfadada y miré al hombre sentado a mi lado.

"¿Perdón no me escuchaste? Supongo que es por el ruido del motor, solo pregunté si habías tenido unas buenas vacaciones."

El vuelo de Málaga a Gatwick justo había despegado y sobrepasaba el mar brutalmente, dirigiéndose hacia la cuidad y hacia su destinación. En la sala de embarque, en el recorrido corto en bus desde la puerta de salida al avión y después de sentarme en mi asiento, había evitado contacto alguno con los pasajeros. Desde entonces había estado leyendo mi periódico tranquilamente, sin querer hacer conversación con extraños.

"De hecho me voy de vacaciones, no volviendo, vivo en España," dije, volviendo a mi periódico y esperando que coja la indirecta y no seguir molestándome.

"¿A si?" Persistía. "Eso es interesante, estoy en el proceso de comprar algo aquí pero no hay suficiente suerte."

"Bien," respondí, sin levantar la mirada. Sonó un ruido discreto por el altavoz y se apagó la señal del cinturón de seguridad. Fuimos informados sobre que altura volaríamos, la velocidad, la hora de llegada a Londres y aconsejados a dejar puesto nuestros cinturones por nuestra seguridad, primero en español y después en inglés. Aprovechando la interrupción de mi lectura mientras esperaba que acabase el anuncio, mi vecino siguió contándome que había pasado la semana anterior visitando los alrededores, "de Mojácar hasta La Línea", buscando propiedades. Había visitado varias agentes inmobiliarias, "de improviso, ya sabes sin cita previa, aparecí en sus oficinas". Eso fue, me aseguró la mejor manera, no había tiempo para "soñar pícaros" de todos modos no había tenido suerte.

Mantuve mis ojos en la página esperando en vano que entendiese el mensaje escuchando su voz, acercándose cada vez más, algunos penetrantes en mi pensamiento y otros como ruido de fondo. "No he tenido ningún problema con ninguno de ellos, excepto uno. Un verdadero vaquero era, intentó varios trucos. Un hombre alto, una barba negra de forma casi como una espada y con pelo negro y largo. Un buen hablador, ahora ¿cómo se llamaba?"

"Jack Pendlebury," pensé, por fin consiguió mi atención.

"Jack algo o otro, Penter......Peddler.....Pen....

"Pendlebury," dije bajando mi periódico.

"Eso es, Jack Pendlebury. ¿Le conoces? No es un amigo, ni nada, espero."

"No. No es un amigo. Le conocí una vez," respondí.

De pronto hubo un movimiento transitorio alrededor nuestro. Las mesas fueron bajadas, repartían bandejas, durante esa pausa en nuestra conversación, miré por la ventana, mirando fijamente los rayos de nubes blancas que estaban sobre la tierra estéril de Iberia central. El paisaje estaba dividido por trozos de tierra unos más oscuros que otros, mientras que a la distancia se veían sierras. Sí conocí una vez a Jack Pendlebury y se me ha quedado en la memoria desde entonces. Eso fue hace casi doce años, cuando también buscaba casa, pero la situación fue tan clara como si fuese ayer.

Había mandado ideas de lo que estaba buscando a su agencia la semana anterior a mi visita, así podía elegir los indicados para mostrarme. Así ninguno de nosotros perdemos nuestro tiempo. "Alguna parte en el campo, no en un pueblo ni en la cuidad, algún lugar tierra adentro, digamos de unos seis millas y con mucha tierra. No me importa si hay o no construcción, ni el estado en la que está. Puedo construir y reformar si hace falta. El paisaje es lo importante." Eso era más o menos lo que le dije en la carta. Llegue a su oficina a las diez de la mañana como habíamos quedado, las cosas salieron de manera que afortunadamente, tenía que seguirle en mi coche que había alquilado en vez de ir en el suyo. Así podía seguir mi camino desde donde íbamos acabar. Me llevó fuera de la cuidad de Mojácar, salió de tierra adentro. Pasamos por debajo del autopista N340, después, dentro de una tierra seca marrón, con mucho polvo, de ahí giramos saliendo de la pequeña carretera de campo a una pista sucia. A unos quinientos metros de esa pista aparcó al lado de una torre de conducción eléctrica y salimos de los coches. El estaba de pie al borde de un pequeño 'valle' mirando hacia abajo. El 'valle', atravesando unos cuatrocientos metros y quince metros de profundidad, con una base plana y ancha.

"Desde ahí serás capaz de conseguir tu energía," dijo señalando a la conducción eléctrica. "Hay una entrada principal de agua debajo de la pista. El paisaje se extiende desde este lado del valle hasta el otro lado y un kilómetro de su longitud." Se detuvo y señalando el 'valle'. "ahí construirás tu casa, en el trozo de tierra llano en la parte inferior."

Le había mirado. No sabía mucho de España entonces, pero sabía que había habido sequia durante unos años y podía reconocer el lecho de un rio seco de un 'valle'. Cuando llega la lluvia, que llegara, una casa construida ahí abajo no duraría ni cinco minutos.

"Muchas gracias," dije. "Adiós," y sin más volví a mi coche y me fui.

"Espera," su voz me había seguido. "Si no te gusta, tengo más........"

"Esto se ve bien no," la voz de mi compañero de viaje me devolvió al presente. Miré mi bandeja. En ello había una pequeña ensalada, un rollo de pan, carne con verdura y lo que parecía un bizcocho de melocotón o algo así.

"Uh, pues, así, así," pude responder. "Vino tinto," dije a la azafata que acaba de dejar la bandeja delante de mí. Todo el mundo alrededor quitaba los envueltos de plástico y empezaban a comer. Yo al contrario quité la tapa del vino y la eche al vaso de plástico antes de atacar la ensalada.

"Era un verdadero vaquero, ese Pendlebury, no sé cuánto le conoces pero intentó timarme. Pero nadie intenta hacerme eso y salir con la suya."

"Cierto," dije, a falta de palabras. "No le conozco bien, solo le conocí esa vez en busca de casa, ya sabes."

Mirándole directamente a mi compañero de viaje. Un hombre grande con aspecto bruto y con brazos fuertes y pesados, en uno de los que pude ver un tatuaje de una serpiente. Se veía fuerte y duro y tenía una mirada de ira.

"Le dije que quería un sitio, justo fuera de la cuidad, con suficiente tierra para una piscina. Algo así. Primeramente me llevó a un sitio dentro de la cuidad que no había ni hueco para balancear un gato. Después al campo a una vieja casa de campo, casi cayéndose, justo al lado de una granja de cerdos. Otro que ni un GPS podía localizar y después uno que no había hueco para un estanque para peces que digo ni para una piscina. Perdió un día entero, era mi primer día, solo hace una semana y tenía que ir a Marbella al día siguiente para mirar ahí también. Nada de lo que me enseño era lo que quería. Y algunos de los problemas no eran tan obvio, tenía que buscarles por mí misma."

"Caveat emptor," murmuré.

"¿Qué?"

"Alerta compradores."

"Oh. Si, cierto. Lo intentó todo, menos mal que fui listo, pero lo último, me sacó de mis casillas, estuve cabreado te lo aseguro." Otra vez sonó el timbre de atención mientras recogían las bandejas, miré por la ventana una vez más, pero todo lo que pude ver eran nubes rondando de una dirección a otro.

"¿Sabes lo siguiente que intentó?" Una vez más su voz interrumpió mis pensamientos que se habían ido, de mala manera, de vuelta a la razón de mi visita a Inglaterra. Mi hermana había dejado a su marido o más bien él la dejó y me había pedido ayuda para intentar arreglar las cosas.

"Tienes que ir," mi mujer insistió. "Solamente para una semana. Ayúdala económicamente, con tema de casa, con sus niños, todo ese tipo de cosas." Así, con un corazón pesado, cogí el primer vuelo disponible.

Moví la cabeza. "¿Que es lo que intentó?"

"Estábamos mirando los alrededores de esta finca, genial en todas las maneras, tamaño adecuado, en muy buena condición, un buen trozo de tierra y solo un kilometro o así fuera de Mojácar. Me dijo que hará falta una un poco reformación pero que había energía y agua. Señalo una tubería que salía a través de la pared con un grifo. "Oh, está apagado," me dijo, "Pero el ayuntamiento lo volverá a encender una vez que hayas pagado los impuestos de agua."

Se detuvo mirándome de una manera que daba grima.

"¿Entonces qué?" Pregunté. "¿Cuál era el problema?"

Sintió la cabeza con una pequeña sonrisa en los labios, que no llegaban a sus ojos. "Después caminé por toda la casa, mirando el terreno y ¿Sabes lo que descubrí?"

"No." No podía imaginar, pero no me gustaba nada la mirada en su cara.

"Vi el final de la tubería. No había agua, esa tubería solo fue empujada dentro del muro. Conectada a nada. Ahí me puse furioso con el."

Durante ese pequeño silencio que siguió, la voz del piloto sonó por los altavoces para avisarnos que nos aterrizaríamos en poco tiempo, que abrochemos nuestro cinturón de seguridad, que hacia doce grados de temperatura en Londres, estaba lloviendo y que esperaba que volaremos con ellos de nuevo. Miré por la ventana y vi campo verde con un camino que aparecía entre ellos, mas allá en la distancia, había un lago y cercano un pueblo. Pronto estaremos aterrizando, donde me encontraré con mi hermana y seré arrojada con su caos y miseria. Miré una vez más mi periódico y la doblé para tirar. Mi compañero de viaje había dejado por fin de hablar y entrado en una actitud de silencio.

La última vez que le vi estaba dando zancadas desde el control de maletas con su equipaje, que era uno de los primeros en salir en la cinta, mientras que el mío como siempre, obviamente sería el último. Mientras estuve ahí de pie, esperando, volví a abrir mi periódico, era la copia de ese mismo día del 'Sur in English' y por culpa de las interrupciones de mi compañero de viaje, no había pasado de la primera pagina. Ahora me puse a leer dentro y leí lo más destacado en la página siguiente.

'Muerte misterioso de un Agente Inmobiliario Inglés.' Quitando mi carrito del medio, seguí leyendo. Aparentemente un agente inmobiliario inglés, Jack Pendlebury, había sido encontrado golpeado hasta la muerte, en una finca desierta cerca de Mojácar la semana anterior. Nadie sabía lo que estaba haciendo ahí o si estaba enseñando los alrededores a alguien. "Hace años que está en nuestro libro" dijo su asistente cuando fue citada, "pero está en mal estado, no tiene agua y no pudimos venderlo."

Pasé por una barrera de alboroto de pensamiento. ¿Qué debo hacer? ¿Quién era el hombre que había sentado a mi lado y si tenía algo que ver con este hecho? ¿O había el agente llevado a otra persona a ver la casa? O puede que su muerte estaba conectada con otra cosa.

De pronto mis pensamientos se detuvieron por mi hermana, quien me estaba moviendo el brazo. "¿Dónde vas, no me habías visto? Oh,…… no se qué voy hacer………"

Más tarde en el coche, aun siendo inundado por sus penas, me di cuenta que había perdido el periódico. Por lo menos no estaba en mi posesión.

¿Qué debo hacer, qué harías tú?

"Y está también la cuenta bancaria para arreglar, es uno conjunto y la política del seguro, y ¿dónde voy a vivir? Quiere vender la casa, ¿me estas escuchando?"

¿Qué puedo hacer?

HERMANAS

Roger aún vino a quedarse conmigo varias veces después de la muerte de Kate, su mujer y mi hermana. Bill, mi marido y yo conocíamos bien a sus dos hijas, quien tratábamos casi como si fueran nuestras. Aún después de la muerte repentina de Bill, mientras estaba de negocios en Inglaterra, los tres me visitaban como de costumbre. De cualquier manera este año, con las chicas en la universidad, estaba sorprendida cuando me llamó Roger diciendo que le gustaría venir como de costumbre en primavera a mitad de trimestre. Por supuesto estuve de acuerdo, y aquí estábamos sentados en la terraza, con Roger mezclando ginebra con tónica en el pequeño bar que Bill había construido dentro de la sala de estar.

Solo pude ver su espalda, moviéndose ocupado de lado a lado mientras abría las botellas y echaba las bebidas. Eché una ojeada en el espejo de la pared opuesto y le vi echar algo desde una botella pequeña a uno de los vasos. Eso me confundió, pero entonces pensé puede que esté tomando alguna medicación o algo y no me lo quiere decir. Volvió a la terraza, y dejó un vaso delante de mí y el otro a su lado en la mesa pequeña que estaba entre nosotros. No podía ser una medicación, pensé en un estado de confusión, no puesto en alcohol.

"¿Te gusta el nuevo cuadro, la compré en Fuengirola la semana pasada?" Pregunté, señalando hacia la sala de estar. Giró la cabeza sobre su hombro para ver la pintura de aceite hecho por un artista local del puerto de Málaga. "Está muy bien, ¿fue muy caro?" Dijo volviéndose.

Típico de él pensar en el precio, pensé. "No, no mucho, bueno, salud." Cogí mi vaso y di un sorbo.

"Salud, hasta abajo," y lo bebió todo de un trago y volvió a levantarse para rellenar el vaso. Cuando volvió había acabado el mío y me levanté.

"No, no te levantes, lo haré yo misma," mientras que me ponía de pie y fui a mezclar otra.

No estoy describiendo esto claramente, a que no, tal vez es mejor que empiece desde el principio. Kate y yo crecimos en Ilford, Essex y conocimos a Roger y Bill en una discoteca de Leyton hace veinticinco años. Roger y Bill fueron amigos desde hace mucho tiempo y nos hicimos pareja. Con el tiempo nos casamos y estuvimos siempre juntos los años siguientes a eso. El padre de Bill tenía una pequeña fábrica que con el tiempo, Bill tomó cargo de ello y lo reconstruyó también abrió dos más y se volvió relativamente rico.

Roger era un profesor de biología en un instituto de Stratford y ya no se llevaban tan bien como antes. Si no fuera por las dos chicas, estaríamos más distantes. Pronto Bill y yo descubrimos que no pudimos tener hijos, mientras que Kate y Roger pronto tuvieron dos preciosas niñas. Tanto Bill y yo nos gustan las niñas y más como sus tíos y padrinos. Nos hicimos muy unidos a ellas y nos visitamos con frecuencia.

Cuando una tenía seis y la otra siete, Bill tuvo un ligero ataque de corazón y le aconsejaron de tomar las cosas con calma. Lo que decidimos hacer finalmente fue comprar una casa de campo aquí en España, donde podía descansar y dirigir las fábricas haciendo viajes cortos a Inglaterra, usar el teléfono, fax y recientemente internet. Tenía muy buenos directores trabajando en las fábricas, que ahora hacen un total de cinco.

Roger, Kate y las chicas nos visitaron en todas las vacaciones escolares, pero nosotros pagando el transporte ya que el sueldo de Roger no llegaba a tanto. Estuvimos encantados haciendo esto ya que durante estos años, las chicas habían llegado a ser como hijas nuestras. Como no teníamos hijos propios, Bill siendo hijo único y yo no tenía familia solo Kate, así las pusimos en nuestro testamento. Más bien a favor de Kate quien, poniéndonos de acuerdo entre ella y yo si será para la educación de las chicas y cuando cumplan veintiuno pasar todo a ellas. Kate y yo siempre estuvimos muy unidas y sabía que podía confiar completamente en ella para esto. Para cuando las chicas cumplieron veintiuno nos pusimos en acuerdo que escribiríamos un nuevo testamento a favor de ellas. Antes de la muerte de Kate, pusimos una clausura nombrando a Roger en su lugar. Puedes encontrar lo raro que solo pusimos el nombre de Kate en el testamento y el de Roger solo si muriese Kate, pero para serte sincera nunca había confiado en él. Siempre sentía que tenia envidia de Bill por su éxito en su negocio. Siempre hablaba del precio de cosas, como la pregunta de cuánto valía mi cuadro y lo poco que tiene su familia. Sé que mi hermana se sentía avergonzada. De todas maneras, Bill tampoco quería su nombre en el testamento a pesar de su amistad, así solo estaba puesto el nombre de Kate.

La casa se encontraba un poco en las afueras, en la Sierra de Canucha que hacia la fácil llegada al aeropuerto, a la playa y las ciudades de Marbella, Fuengirola, Torremolinos y Málaga. También es fácil de llegar a Ronda y los lagos cercanos a Árdales, las chicas amaban visitar estos dos últimos sitios.

Así fueron las cosas hasta que hace dos años cuando Kate tuvo cáncer y murió en menos de doce meses. Como ya había dicho, tanto Roger y las chicas vinieron algunas veces a visitar y Bill y yo estuvimos encantados teniéndolas ahí. De hecho insistimos a que viniesen porque necesitaban desconectarse y queríamos ver a las chicas. Bill y yo no hicimos nada acerca del testamento, no era algo en la que realmente pensábamos en todo caso.

Entonces, solo hace dos meses Bill se fue a Inglaterra para hacer su tour de dos veces al año para su fábrica. Nunca se me olvidaría el día que los dos guardias vinieron a mi puerta, un hombre y una mujer. Para informarme que había sido asesinado. Fueron muy simpáticos y amables pero no lo podía creer. Aparentemente había caído debajo del vagón del tren en hora punta en la estación de Holborn. Era un accidente claro, ninguna duda de que lo hubiese hecho deliberadamente, el andén estaba lleno y los que estaban cercanos a él, dijeron que aparentemente se había tropezado bajo la presión de la gente que estaban detrás.

Cuando superé la primera conmoción escribí a las chicas, quienes estaban ahora en la universidad, diciéndolas que esperaba verlas en las vacaciones del verano. También les dije que estaba pensando cambiar el testamento haciéndolas beneficiarias directas y no cuando cumplan veintiuno. Conocían todas las condiciones del antiguo testamento, nos aseguramos de ello cuando eran adolescentes. No le escribí a Roger para informarle de mis intenciones ni sabía si las chicas le habían dicho algo.

Entonces, justo hace una semana, Roger llamó diciendo que le gustaría venir estas vacaciones solo. Llegó esta mañana y le recogí en el aeropuerto como de costumbre. Se le veía tenso y preocupado y explicó que había sido un trimestre muy difícil en el colegio para él y que la muerte de Bill tan temprano justo de la de Kate le había dejado muy bajo.

Ahora nos sentamos en la terraza, con el aire cálido de la noche, los dos bien hundidos cómodamente en sillones. Mis ojos empezaron a cerrarse mientras tomaba sorbos de mi ginebra y tónica y podía ver que los suyos también. Sin embargo vi que me estaba mirando atentamente a través de sus parpados medio cerrados. Bostecé muy grande, había madrugado para preparar su llegada, encontrar su vuelo y después comimos tarde con vino que siempre me da sueño. Hizo un medio bostezo y me sonrió. "¿Estás cansada?" Preguntó. "¿Quizás un poco pesada?" Asentí silenciosamente, hundiéndome más en el sillón y dejando mi vaso en el suelo. Empezó a respirar fuerte mientras se hundía en su sillón y echándose el cuarto vaso desde su botella que había traído a la terraza. Levantó su vaso hacia mí. "Salud, Ruth. ¿Ibas a cambiar tu testamento, verdad? Quitarme y darlo todo a las chicas, ¿eh?"

"Solo si muriese," dije entre dientes, sorprendida por su tono y comentario.

"Oh, claro que vas a morir, igual que Bill."

Me quede asombrada, el letargo me mantuvo sentada, casi dormida en mi sillón. "¿Que quieres decir por igual que Bill?" Murmuré.

Parece que se hundió aun mas en el sillón y me contestó despacio y desconectado. "Bill…..bueno, lo tenía todo, no…. riqueza….la hermana más hermosa."

Me desperté casi de una sacudida. "No, no lo soy, Kate era igual de guapa que yo, de cualquier manera quería a Bill, no me hubiese casado contigo aunque él hubiese elegido a Kate. Me hundí de nuevo en mi asiento con sueño y repetí lentamente, "¿Qué quieres decir con igual que Bill?" Su voz volvió a mí una vez más, lento, tembloroso, pero con un tono de triunfo.

"Estuve con él… en el andén….le empuje, ¿no?" Sus ojos se cerraron por un momento y parecía que estuviese medio dormido, drogado. En el silencio, el ruido de la noche parecía muy alto y claro. El llamar "Mulo. Arre, arrrreeee" a través del valle, siendo la vuelta a casa de Paco desde su viña. El llamado de un urogallo cerca, el sonido de una moto que pasaba por una calle cerca, entonces siguió hablando, dormido pero seguro de sí mismo. Escuché aterrorizada mientras siguió.

"No era ningún accidente….le encontré después del instituto, no quería….quería un poco para mí… pero no me prestaría nada, dijo que viviese de mi sueldo…..cabrón rico….todo esto…cualquier cosa para las chicas…. Pero no para mí."

"Entonces," hablé suave y despacio, llegando a un acuerdo con él. "Le empujaste delante de un tren. ¿Por qué? ¿Eso te llevo a alguna parte, lo hizo?"

"Correcto, le empuje….seguro que si…. o lo hará," cada vez su voz más lento, desmayaba como es sueño se apoderaba de él. "¿Por qué no has……aún no has cambiado tu testamento….lo has hecho? Y me tocará todo….ahora que Kate se fue. Puse algo en tu bebida, no…no soy profesor de biología….no soy profesor de biología para nada, lo soy."

Se esforzó en levantarse y abrir sus ojos, luchando contra el sueño. Entonces sonrió mientras me miraba a través de mi figura frente a él. Volvió hablar con una voz más firme, alto, más coherente. "Es algo que inventé en el laboratorio solo te dormirás y no volverás a despertar, nadie sospechará nada. Será como un ataque de corazón por causa de todo los acontecimientos del último año, la muerte de Kate y Bill, teniendo que dirigir su negocio, ese tipo de cosas." Dejó de hablar y sus ojos se volvieron a cerrar. Un ronquido salió por sus labios.

Me esforcé y me levanté. "Roger," medio grité para despertarle. Sus ojos se abrieron a medias mirándome fijamente delante de él, de manera dudosa. "Roger antes de que te quedes dormido, necesitas saber algo. Te vi poner algo en mi vaso, no sabía que era, pero me di cuenta que me lo habías dado. Intercambié los vasos cuando estabas mirando el cuadro. Sea lo que habías planeado para mí, pues ahora la tienes. Ninguna pista, ninguna sospecha, lo dijiste, parecerá un ataque de corazón. Tratando del trabajo, dolor por Kate y Bill algo así, supongo."

Me miraba fijamente con la boca abierta aterrorizado, entonces cerraron sus ojos y cayó en un profundo sueño sin sueños. No traerá de vuelta a Bill, lo admito, pero por lo menos no podrá engañar a sus hijas cuando esté muerta. No será mucho para eso, ya que tengo cáncer, lo cual, es la razón que me canso por las tardes. Es obviamente una debilidad familiar. Así que cuando me muera, lo tendrán todo, justo como lo habíamos planeado.

LA PENITENCIA DE LA TÍA SOLTERA

La señora Shilitoe era una anciana formidable sin duda. Con casi ochenta años tenía aún buen aspecto, sin arrugas en la cara, una figura proporcionada y firme. Siendo obvio que en su juventud era hermosa. Cuando era, como hoy, con su humor inglesa, vestida con severo traje negro y una chaqueta, una blusa blanca de encaje y un sombrero con ala ancha para protegerse del sol. Se veía como una solterona inglesa, casi como una caricatura.

Su nieto Charles, sudando ansiosamente bajo el sol caliente de Andalucía, consciente de que mientras se le veía así, existía otro carácter distinto a ese. Había vivido en Churriana por casi sesenta años, desde 1922, en un barrio situado en el norte de Málaga. Siempre fardaba que conocía el famoso Gerald Brennan. Este otro carácter suyo, la hacía parecer, a primera vista, una señorita inglesa soltera y respetable a eso de una señorita española, extravagante de edad avanzada. Su español era prácticamente fluido debido al tiempo que llevaba viviendo en Churriana, un número infinito de amigos y conocidos por el vecindario. Cuando se juntaba con ellos, se metía en sus vidas a tope, se animaba llenándose de vida.

Charles le tenía mucho cariño y la visitaba con regularidad. Muchas veces había sido testigo de su cambio de carácter. Justo hoy, necesitaba que estuviese relajada y accesible, parecía estar con un carácter de falta de sensibilidad. Cuando ella estaba así, él sabía que ella podía llegar a sacar lo más de su invulnerable y rígida respetabilidad.

Era cuáquero, o eso decía, pero sabía que sí lo era, uno no creyente. Por otro lado admite que sabrá poco o nada de esa sociedad, sus amigos y si todos podían haber sido como ella, aunque lo ponía en duda. Cuando tenía el humor español, se iba a la iglesia católica del barrio y era amigable con el sacerdote igual con los otros de la región incluso con el obispo. Un día Charles había sido testigo de cómo había abusado verbalmente a un oficial, uno de las iglesias libres ingleses en el vecindario, con desprecio y palabras fulminantes. El hombre era como asistente o guardián de la iglesia, o pastor temporal. No estaba seguro de los términos de la iglesia libre y aún menos la de un cuáquero. Charles era un anglicano leal. Sabía que a su tía no le gustaba ese hombre, era bajito, con tripa, cara roja y un individuo quisquilloso. Le consideraba un hombre que no era sincero, aburrido y se sentía superior a los demás y se vestía de sotana negro "como si fuera el ministro" siempre decía como remate final describiendo su carácter. Ese día el hombre había escuchado como ella decía a algunos de la congregación que frecuentaba la iglesia católica en su pueblo para ir a misa, "Señorita Shilitoe," interrumpió. "No me digas que vas a servicios papistas, tu un cuáquero, o eso dices ser." Toda la congregación que salían, habían quedado en silencio. El ministro estaba de pie espantado sin saber cómo intervenir y Charles se incomodó. Su tía no se sentía para nada al descubierto, giró hacia el hombre y dijo fríamente, "No recuerdo estar diciéndote nada, estaba teniendo una conversación privada. Si te acostumbras a escuchar a escondidas entonces, espera oír mucho de lo que no te va gustará. Podría decir que la mayoría compartirán pocos, si alguno, de su punto de vista. En cuanto al papismo, prefiero su comunión abierta a tu fanatismo de cualquier día, vámonos Charles."

Y con esto le siguió su nieto quien el ministro acababa de guiñarle un ojo y levantado el pulgar. Su adversario estaba ahí parado sonrojado y la gente a su alrededor riéndose.

Esta mañana, también, mientras ella y Charles tomaban el aperitivo con jerez en un bar en Churriana, estaba completamente en su rol de tía inglesa soltera, pensó con tristeza. Tenía un tema urgente, delicado y casi desesperado para contarla. Como podría exactamente contárselo sin elevar su ira, meditó miserablemente.

"Déjame contarte rápidamente nuestros planes para mañana…."

La voz de un joven inglés de la mesa de al lado, causó un gruñido en la cara de su tía.

"¿De qué está hablando ese joven, por qué la juventud no utilizan el lenguaje correcto?" Dijo agriamente en un tono que llegó hasta el hombre, quien dejó de hablar y la miraba con odio.

Charles sonrojado, tartamudeó en voz baja respondiendo, "es un estilo, er, de americanismo, supongo, quiero decir, er, ponerte al día…."

"Sé lo que significa, me niego oír el degrado del lenguaje inglés." Volvió a decir ácidamente y claro.

"¿Qué te pasa vieja gruñona?" un hombre tatuado de pelo largo se había puesto de pie por encima de ella. Ella le devolvió la mirada con calma. Había un español enorme de unos cincuenta años también se había levantado y acercado.

"Creo que escuchaste, joven, tienes un lenguaje perfecto para utilizar, ¿por qué tienes que rebajarlo así?" Fue educada pero firme.

"Te daré el significado de rebajar…" empezó y fue interrumpido por un coro de voces por encima del hombro del hombre grande detrás de él. La señorita Shilitoe respondió igual de rápido de la misma manera y con una ligera sonrisa dijo al hombre, "aquí Manolito viene de preguntarme si necesito su ayuda, pero le he asegurado que solo estamos hablando, es así, ¿verdad?"

Mientras ella hablaba, el joven inglés se dio la vuelta y vio la figura enorme y membruda que tenia detrás de él. Siguió, "Manolito significa pequeño manolo, puedes observar que lo de pequeño es solo un mote."

"Sí, bueno, supongo que es lo que estamos haciendo, eso es. Vamos salgamos de aquí." Con esto él y su colega salieron del bar. Manolito, su quinto amante, quien ella había abandonado de mala gana, hace unos años por la gran diferencia de edad entre ellos, se volvió a sentar en su mesa con una sonrisa.

La señorita Shilitoe volvió hacia su nieto con un suspiro. Tenía un extremo cariño por Charles, el hijo de su hermana más pequeña y la visitaba más que cualquier otro de su familia. Ninguno de ellos, que supiese, podía entender por qué vivía aquí en Andalucía, lejos de ellos. Él era el único de ellos, eso creía, conocía su lado español. Pero ni siquiera él sabía de sus amantes que había tenido durante los últimos años. Manolito, quien hacía diez años que habían roto, probablemente habrá sido lo más indulgente de su parte. Obviamente, Charles tenía algo en su mente, una preocupación que quería compartir con ella, pero no sabía cómo hacerlo, quizás era muy severo. Ella ablandó su expresión y hablo suavemente.

"¿Que pasa Charles? ¿Por qué estas tan pensativo?" Cuando no respondió, terminó su jerez, se levantó dirigiéndose hacia dentro del restaurante. "Ven, me lo puedes decir en la comida."

Al parecer la conocía todo el mundo en ese sitio. Después de tanto vaivén de los camareros a ellos, finalmente estaban solos con la sopa.

"Ahora, sácalo, ¿cuál es el problema?" Ella ordenó. Por fin consiguió hablar, ahora estaban bebiendo jerez y vino, su tía sutilmente cambió su manera de ser y él soltó la lengua, "he conocido una chica, bueno hace unos meses durante uno de mis visitas aquí. Ella vive en Cártama, se llama Elena y estamos enamorados."

Las frases salían cortos y de golpe, con muchos espacios entre ellas. Pero ella no le interrumpió y en el segundo plato siguió hablando con facilidad.

"En esta visita, solo hace unos días, sentí que algo pasaba. Al principio, estuvimos bien como siempre había sido y entonces un día empezó a parecerse preocupada y reservada. No conseguía hacerla hablar y mi español no es muy bueno para nombrar motivos. No soy fluido tía, ¿me puedes ayudar, intenta descubrir cuál es el problema?"

Ella concentrada en su comida, considerando y entonces dijo, "me gustaría conocer a tu Elena, puedes organizar un encuentro para mañana."

A la mañana siguiente salieron en el coche de Charles, para conducir una distancia corta a Cártama. Ella había cambiado de una inglesa soltera a una señorita española y sutilmente alterando su apariencia. Llevaba un sencillo vestido negro, con su pelo canoso recogido hacia atrás y sujetado por un peine rojo. Quizás era más su manera de llevarlo que marcaba la diferencia.

Se fue directo hacia Elena. La española tenía más o menos dos años menos que Charles, con pelo negro y ojos brillantes. De pronto las dos mujeres hablaban animadamente, mientras sacaba información de la vida pasada de la joven. Era la segunda más pequeña de una familia grande. Un químico farmacéutico con buenas perspectivas, ella pensó que era una pareja ideal para su nieto. Sabia cantar y bailar flamenco y obviamente amaba su casa y su región. De todos modos, como dijo Charles, una cierta reserva y preocupación la nublaba los ojos de vez en cuando y causaba una barrera entre ellas las veces que se encerraba en sí misma y quedando en silencio.

Después de un rato, la anciana echó a Charles, diciendo que quería hablar a solas con Elena. Cuando se había ido pero de mala gana, se fue directo al grano. Podía haber estado en su lado española, pero seguía siendo una anciana formidable y mandona. Tal vez aún más en su lado inglés hacia Elena quien le fue recordada a su difunta abuela autoritaria.

"¿Ahora dime qué es lo que te preocupa hija?" La señorita exigió en vez de preguntar. "Puedes confiar en mí, nada de lo que me dirás saldrá de aquí ni me sorprenderá, no importa lo que sea. Mi nieto me ha confesado que está enamorado de ti y haré lo sea y quiero decir lo que sea por su felicidad. Siempre me ha mostrado amor y devoción, más que cualquier otro familia quienes veo poco. Y siento una cercanía contigo asique suéltalo."

Había que hacerla preguntas sobre el tema, poco a poco, Elena dijo todo a la anciana. Era bastante simple pero en su potencia, devastador. Su hermano pequeño había caído en la droga con una gran cantidad de gente de su edad. Un día, un traficante les vendió heroína y cocaína. Uno del grupo se puso muy mal y terminó en el hospital. Ella Elena, había oído historias de gente enganchados a esta droga y como había arruinado sus vidas, algunos llegaron a morir. Se volvió enferma de preocupación por su hermano pequeño y se enfrentó con el traficante para apartarle. Se volvió violento y en autodefensa le mató. En un momento de pánico escondió el cuerpo. Le había apuñalado con un cuchillo afilado que se llevó con ella para protegerse. Dijo a la señorita Shilitoe que la idea de matarle, si no aceptaba dejar a los chicos con quien se juntaba su hermano estaba ligeramente detrás de su mente. Se sentía muy tocada y ahora no se arrepiente de lo que hizo. El problema es que la policía encontró el cuerpo e investigaron la hora de la muerte. Uno de los sargentos la sospechaba y si encontraba suficientes pruebas, que podría en cualquier momento, será detenida y encarcelada. No quería hacer a Charles pasar por todo este lio.

La señorita Shilitoe pensó por unos minutos después de escuchar la historia de Elena y entonces dijo, "que extraña coincidencia" un comentario que desconcertó a la otra mujer. Y entonces siguió, "lo que estoy a punto de contarte no puede salir de aquí, ni siquiera a mi nieto. Me honra tu confianza, así que tú debes honrar la mía. Durante mi tiempo en España he tenido varios amantes, los tres primeros los abandoné por ciertas razones, eso no es importante ahora y la quinta era por puro vicio por mi parte, al final tenía que dejarle ir, sin que el quisiese. Porque no me parecía justo que un hombre de cuarenta años cargase con una mujer anciana de setenta años como era entonces. Lo hice de mala manera pero era y sigue siendo, un buen hombre y seguimos siendo muy buenos amigos."

Elena miró a esa figura con asombro, "increíble, eres verdaderamente formidable" dijo jadeando.

"Si bueno, lo que sea, pero ahora el cuarto hombre, quien nos interesa aquí," siguió la anciana. "El más que los otros, era mi verdadero amor, o eso pensaba. Entonces descubrí que era un traficante de drogas, no te aburriré con todos los detalles. Pero siempre he odiado esa gente, he visto bastante de sus víctimas. Así que a pesar de ser cuáquero y no a la violencia, le maté. He hecho mi penitencia de todas las maneras. Pero nada al juicio humano, pues nunca nadie descubrió su cuerpo, ni sabía lo que le había pasado, simplemente desapareció misteriosamente."

"Gracias por tu confianza en mí," respondió Elena, "es como dijiste una extraña coincidencia. Estoy segura que las dos hicimos lo correcto. ¿Puedo llamarte tía? Pues eres como una tía para mi igual como para Charles."

"Claro y te llamaré sobrina de vuelta, por si voy a ser tu tía entonces tienes que ser mi sobrina. Pero te conté mi historia por una razón, no solamente para mostrarte que las dos pasamos a la misma situación y la resolvimos de la misma manera. Dime cuando murió ese hombre y diré que nos visitaste a Charles y a mí en ese momento y no cabría posibilidad que lo hayas hecho. Sé que estará de acuerdo Charles en colaborar con esto. Si el sargento viene a por tí, le mandas a mí. Ahora tienes que venir a Churriana con nosotros y confesar a nuestro sacerdote, es un buen hombre y te dará tu merecida penitencia y guardará su voto de secreto. Es un amigo cercano y te verá cuanto antes si le pregunto. Así la mente de Charles puede estar en paz y en su debido tiempo os podéis casar."

Cuando volvió Charles le contaron poco sobre la conversación y aceptó en decir que estuvo con ella esa noche en cuestión. No le contaron del crimen que había cometido su tía, solamente la de Elena.

Dos días después el sargento les visitó y le dijeron la cuartada de Elena. No estaba totalmente convencido, pero cuando se fue al alcalde, quien había sido uno de los amantes de la señorita Shilitoe, le aseguró de la probidad de ella. El alcalde le mandó al obispo, quien confirmó que la señorita era un testigo de fiar y una amiga cercana. Con esto el sargento estuvo satisfecho y aceptó que Elena no pudo haber cometido ese crimen.

Entonces la señorita Shilitoe confesó al sacerdote de saber algo sobre el crimen, la miró con una sonrisa pálido. "Dudo que buscas mi absolución, pero quédate asegurada que Elena tiene su merecida penitencia. Parte de ello tiene que ver contigo. Tiene que apartarse de tu nieto por un mes, solamente esta prueba dará confirmación al amor que sienten. Con respecto al hombre que las dos me habéis hablado, confieso que no puedo guardar su muerte como uno lamentado. Puedo estar equivocado, porque toda vida es sagrada, pero el suyo despierta miseria y muerte."

"Estoy de acuerdo contigo," dijo la señorita Shilitoe. "Como estarás al corriente, pertenezco a una sociedad que renuncia a la violencia. Y no, no busco tu absolución, asumo mi propio severo en este asunto, no necesito ningún sacerdote para intervenir entre Dios y yo, ni siquiera un buen amigo como tú y seguro, soy más dura conmigo misma que lo serás tú conmigo."

Entonces se llevó a su nieto a un lado y dijo, "Charles, el sacerdote ha dado a Elena su penitencia y parte es que no podrá verte por un mes, eso no es mucho tiempo si la quieres. Sé paciente, ahora tienes que hacer tu parte por cometer perjurio. Déjame decirte algo, en el pasado he tenido varios amantes, no pongas esa cara. Siempre he hecho mi propia expiación por mis pecados. Los tres primeros fueron por petición de amigos míos quien les juzgué por quererles más que a mí misma, pero ni yo dije no en recibir sus favores. También sabía que un día se casarían, cual no iba a ser yo, porque nunca he querido estar en una situación o sentir bajo el servicio de alguien. Abandoné cada uno de ellos como penitencia por mi pecado y bendije la unión cuando ocurrieron. Ahora todos son buenos amigos míos tanto los maridos y sus mujeres. Tu Charles, también tienes que hacer tu penitencia. ¿Cuándo te cases con Elena dónde piensas vivir?"

"¿Por qué?, tía la llevaré de vuelta a Inglaterra conmigo, tengo un trabajo y una vida ahí ya montada. ¿Pero qué tiene que ver eso con esto?"

"No Charles, es española pura, una hija de Andalucía," dijo su tía ignorando su pregunta. "Morirá en Inglaterra. Necesita su sol, las fiestas, el flamenco. Créeme, lo sé, ni yo podría vivir sin ellos siendo inglesa, en su caso sería un más. Tu expiación sería que hagas una vida aquí con ella. Toma este mes mientras la esperas, aprende mejor el idioma y busca trabajo, podré ayudarte con eso ya que tengo muchos amigos y algunos estarán dispuestos a ofrecerte un puesto. De esta manera los dos podéis ser felices y olvidar la violencia que casi os separó."

La miró y asintió en acuerdo con ello. Estaba consciente que tenía razón con la valoración de Elena, también sabía muy en lo fondo que también amaba esta región y su gente y que no era solamente el vínculo con su tía le había traído una y otra vez aquí.

"Si, tienes razón, haré como ordenes," dijo y siguió. "Y tu tía, ¿cuál es tu penitencia por tu complicidad en este asunto?"

Hoy había regresado con el vestido y el aire de una persona inglesa, su remilgada y temible tía soltera le miró con una sonrisa irónica.

"Abandonaré mi último amante."

Era de verdad una anciana formidable.

CONSECUENCIAS

No hacía falta para nada que Harry fuera de compras esa mañana a Nerja. Pero entonces si no hubiera ido, nunca habría comprado los donuts. Y si no hubiese conseguido el paquete de seis, su mujer no habría dicho, "Harry, ¡no podemos comer tres donuts para el café de la mañana!" e invitado a la vecina del lado así cada uno tendría dos. Mientras tomaban un aperitivo, Rollo llamó a Jenny para avisar que llegaba a casa temprano, desde su trabajo como profesor de inglés como lengua extranjera, en la escuela de idiomas de Torrox, porque estaba constipado. Si Jenny estuviese en casa, en vez de estar tomando café, comiendo con Harry y su esposa, entonces Rollo hubiese ido directamente a casa, que conduciendo son unos diez minutos. Cuando descubrió que estaba fuera, se puso triste y no quería volver a una casa vacía y decidió ir al bar justo al lado de la escuela y tomar unos tragos de brandi para aliviar sus síntomas. Así que en vez de llegar a casa en un cuarto de hora, porque se encontró en el bar con Paquito, un amigo de Nerja, no volvió a casa pasado una hora y con seis copas demás en el cuerpo.

Porque Jenny estaba en la casa de Harry, no vio su llamada perdida, entonces no le esperaba en casa hasta las seis de la tarde. Porque siempre se quedaba en Torrox para cenar con los otros profesores en el mismo bar donde había quedado a tomar las copas. Si Jenny no estuviese fuera cuando llamó, podía haber llamado a Pepe al móvil para que no viniese a verla. Como era, tenía que poner escusas a Harry y su mujer cuando se dio cuenta de la hora y salió corriendo para poder abrirle la puerta.

Jenny trabajaba como mecanógrafo dos mañanas a la semana en esa misma escuela de idiomas en Torrox como Rollo. Esto les venía bien ya que iban en coche juntos, comía con él, después visitaba el supermercado a mediodía para hacer la compra de lo que les hacía falta y después, en verano, ir a la playa, estando ahí hasta que el terminaba de enseñar. Cuando hacía más fresquito se quedaba en la sala de estar de la escuela y charlaba con los estudiantes y otros profesores o visitaba amigos del pueblo.

Fue en unos de esas visitas a la playa que conoció a Pepe, quien trabajaba en Torre del Mar, en un bar haciendo el turno de mañana y noche. Teniendo desde las once hasta las siete de la tarde libre. Jenny era una rubia atractiva y le llamó la atención cuando la espiaba un día en bikini, leyendo y tomando el sol. Hay pocas mujeres españolas que son rubias cenizas. Se quedó totalmente loca por ella al instante, de su contraste comparado a sus ex novias. El era musculoso, moreno, de pelo oscuro y lleno de energía vital, justo lo contrario a Rollo, quien era de piel clara, tirando a ser gordito y lento. Vino como un suspiro de aire fresco y hizo desaparecer el aburrimiento en su vida.

Pronto el único amigo que visitaba en Torrox era Pepe, tenía un apartamento cerca de la escuela de idiomas. Otros dos días de la semana, Pepe conducía desde Torre del Mar, pasando su apartamento en Torrox y hacia Nerja donde la visitaba. Esta rutina fue repetida durante tres meses sin ningún problema. Cuando llegaba a casa de Jenny, caminaba por medio de una fila de casas donde ella y Harry y varios familiares ingleses vivían. Por cómo eran construidas las casas y colocados, podías llegar a su puerta de atrás sin ser visto.

Jenny llegó justo a tiempo para poder abrirle la puerta a Pepe. Estaba sudando y agotada por las prisas y el intento de salir de la casa de Harry y su mujer, quienes eran chismosos y falto poco para que fuera maleducada, solo para poder llegar a casa a tiempo. Al final la mujer de Harry le dijo "déjala ir Harry, está claro que se quiere ir, probablemente la está esperando un amante. Debo tener suerte aquí pegada contigo. Es culpa de tantos bollos que no paras de comprarme, he cogido tanto peso que no atraería a nadie."

Jenny sonrojó con ese comentario, aunque sabía que solo bromeaba. O al menos eso pensaba.

Porque estaba tan agotada, con las prisas, la broma y al decir la verdad un poco por la cantidad de donuts que Harry había comprado, Pepe y Jenny sentaron para hablar un rato, así podía recuperarse antes de subir a la habitación. Normalmente no habrían esperado, sino subirían corriendo al instante de llegar a la casa. Por esta razón seguían en la cama cuando Rollo entró en la casa. Si habrían acostado y bajado estando donde solían tomar una taza de té, cual Pepe acababa de descubrir que le encantaba esta extraña bebida, hubiesen visto a Rollo llegar y Pepe habría podido salir de puntilla sin ningún daño hecho. Pero Rollo entró en la casa rápido y no le oyeron. Pensó que la casa estaba vacía, presumiendo que su mujer seguía por ahí fuera. Subió las escaleras y entró en la habitación.

Cuando les vio, desnudos en la cama, entretenidos en el acto sexual, se volvió cogiendo un candelero de metal, llevándolo directo a la cabeza de Pepe y después a la de Jenny. Recobró la sobriedad con este acto violento y viendo que les había matado, volvió abajo y llamó a la policía.

No hacía falta que Harry fuese de compras a Nerja esa mañana. Pero si no hubiese ido, nunca habría comprado los donuts. Y si no habría comprado un paquete de seis... nada de esto habría pasado.

Irse de compras puede ser un pasatiempo peligroso.

DINERO FACIL

En el espejo detrás del mostrador, George podía ver la entrada del bar. También podía ver su propio reflejo, donde rápidamente observó su aspecto. Distinguido, recién afeitado, un traje de negocio caro, corbata conservativa todo como tenía que ser. Encima del bar a su lado, había una copia del Sur en inglés como acordado, una copia de esta semana, no la que llevaba el anuncio que había colgado bajo la sección de Meeting Point, decía 'maduro, exitoso hombre de negocio, muy ocupado para socializarse busca una atractiva mujer inglesa, entre 30-50 años para significante y duradera relación. Código nº…….'

Esta noche, se encontraba con la que había elegido entre las seis respuestas que había recibido. Sonia Willmot tenía treinta y cinco años, una viuda muy atractiva y de buen ver. Su investigación consistió en una observación de ella en el hotel que hospedaba en Marbella y una llamada telefónica privada a un detective en Inglaterra.

Había dado al agente, uno que usaba con frecuencia, su nombre y su dirección en Newcastle que ella le había dado en una corta respuesta a su anuncio. Su instrucción había sido una respuesta rápida y barata. Así que el agente hizo el trabajo por teléfono. Los resultados eran motivadores, su marido la había dejado muy bien económicamente cuando murió hacía unos seis meses. Era de lejos la mejor candidata, fue la elección de George y con su economía baja, tenía que moverse rápido.

Sonia entró en el bar con su copia de Sur bajo su hombro, pero disimuló que no le había visto mirando su bebida. El candidato seguro que ella buscaba entre este pequeño grupo de españoles, vestidos de manera casual de vacaciones y tenía su copia de Sur a su lado.

Se llevaron bien juntos y decidieron continuar con la relación comiendo juntos al día siguiente. El no tenía ninguna duda, al haber la elegido, pero había que ir motivándola con cuidado. Al otro lado había que darse prisa por que le quedaba solo algunas semanas de alquiler y después se volvía sin techo y se quedaba sin dinero. Sus dos últimos intentos no exitosas, le habían dejado casi sin ni un duro. Esta vez tenía que conseguirlo.

Durante los siguientes días quedaron para comer, cenar y unas salidas al Parque Safari de Selwo y Ronda. La explicó cómo se ganaba la vida, comprando y vendiendo acciones y moneda de cambio. También hizo inversiones prudentes con beneficios. Ella en cambio le habló de la muerte de su marido añadiendo que tenía una gran suma de dinero al vender sus acciones. Tuvo cuidado para no hacer ningún movimiento rápido.

Fue Sonia quien hizo el acercamiento, "¿George no pienses que soy presuntuosa, pero podrías ayudarme, si puedes, para invertir alguno de ellos, si no es una pregunta inapropiado?"

Disimuló estar pensativo por un momento. "Bueno," se detuvo. "Estoy juntando un paquete de vente mil libras, eso es como unos treinta mil euros, con mi agente el viernes. Si todo sale bien podría conseguir un 10% de interés. ¿Eso es el tipo de cosa que quieres?"

"Claro que sí. Eso suena bien pero ¿cómo saldría yo con eso?"

Al día siguiente organizó una cita entre ella y su agente Bruno. Bruno vino desde Madrid en tren la mañana siguiente. George le utilizaba para este tipo de trato. En cambio se quedaba con un 10%. Esta vez sería más ya que le había prestado a George los vente mil libras por un día o dos. Cuando Sonia dijo a Bruno que quería invertir cien mil libras acordó en solo cobrarle solo 1% del préstamo.

No habría problema con el dinero. Ella tenía una cuenta con Barclays, donde su oficina en Marbella, eran más que encantados en transferir esa cantidad de dinero de su cuenta de Newcastle y así disponer de ello en euros.

Bruno explicó que necesitaría el dinero en efectivo dentro de dos días. Ella se organizó para que el dinero estuviese en su hotel. George estuvo con ella cuando llegó el mensajero con un paquete pequeño y vio cuando ella lo guardó en la caja fuerte de su habitación en el hotel.

Tampoco era tonta y estaba preocupada en no entregar esa suma de dinero a cualquier persona, a pesar de la buena apariencia de Bruno e impresionante documentos. Para eso le pagaba George, para ser su confidente en el trato. Ahora George hizo su mayor jugada que nunca le había fallado.

"Mira Sonia no podré estar aquí mañana con Bruno, tengo un viaje de negocios por unos días. ¿Podría dejarte mi dinero y me la cuidas?"

Entonces George dejó su vente mil libras en la caja fuerte de Sonia al lado del paquete de ella. La mañana de la cita, a las diez y media, llegó Bruno al hotel como habían acordado, para apoderarse del dinero y en cambio dar a Sonia los papeles que no valían para nada. Después de un rato llamó a George para avisarle.

"¿Qué quieres decir con que ha salido del hotel temprano?" George gritando por el teléfono lleno de sudor. "¿Dónde está el dinero, no puedes estar hablando en serio?"

En un estado de pánico colgó el teléfono. No tenía dinero, no tendría casa después del martes y encima debía a Bruno vente mil libras, más intereses, más su viaje desde Madrid. Tenía que correr y correr rápido antes de que Bruno mandase sus matones. ¿Qué había salido mal? Pensó desesperadamente, mientras se hacía las maletas.

Sentado en el avión hacia Gatwick, Polly King, alias Sonia Willmot, pensó, "¿cómo puede ser la gente tan crédula?" Por el precio de cuatro semanas de vacaciones en la Costa del Sol, una pequeña investigación en Inglaterra para encontrar la persona perfecta para copiar su identidad y el precio de recibir un paquete lleno de periódico (el mismo Sur que contenía el anuncio, un bonito toque pensó), entregado a su hotel por un mensajero. Había conseguido vente mil libras. Ella creía que George y Bruno podían permitírselo.

EL TRAMPOLÍN

Dicen que en esos momentos cuando uno se encuentra entre la vida y la muerte, tu vida pasa por tu mente en segundos. Ciertamente lo que ocurrió antes del fallado tiro de cabeza a la piscina de Neil, pasó como un rayo ante los ojos de Petra mientras corría tras él y tirándose a la piscina. O al menos eso aseguró después. No estaba en peligro, pero la manera que él se había caído al agua, ella sabía seguro que él si lo estaba.

Había estado disfrutando de una tarde tomando el sol, después de una mañana de compras con Neil en Málaga, lo cual había empezado a ser un hábito durante la estancia de ellos en el chalet. El también como de costumbre, había decidido pegarse un chapuzón. Con ojos medio cerrados ella le observó salir por la puerta del patio, caminar hacia un lado de la piscina, poner un dedo del pie al agua, tomarse unos pasos hacia atrás y prepararse para tirar. Antes de que pudiera empezar a correr, ella ya se había colocado y gritó "¿Neil, crees que deberías nadar hoy? No creo que estás sobrio." Cuando acabaron con las compras, quedaron con unos amigos y pasaron unas horas en un bar, bebiendo y tomando tapas. Para ella, eso que no le estaba vigilando de cerca ni contando, había bebido dos vasos de gin-tonic y dos copas de vino. Contando que la medida de un gin-tonic aquí es lo triple de lo que sirven en Inglaterra. Sabiendo ya cual iba ser su respuesta, giró hacia ella, mirándola con desprecio dijo "no seas pesada Petra," volviéndose de nuevo a la piscina, se tiró.

Esa primera caída estuvo casi perfecta, como para mostrarla que no tenía razón. Ella le siguió con los ojos mientras nadaba de una punta a la otra. Desde luego estaba en buena forma para alguien que tenía más de cuarenta y cinco años, se quedó pensando, mirando su delgado y bronceado cuerpo a través del agua. Se puso de pie, y echó un vistazo por todo el jardín, que estaba casi ocupado por la piscina y la terraza y encerrado por un muro que le hizo totalmente aislado. Solo podían ser vistos dentro si te encontrabas en los chalets situados a los lados y solo por ellos si el vecino se sentaba justo al borde de su terraza mirando por el bloque de hormigón, colocado sobre muros divisoras que medían un metro de alto. Ella y Neil de igual manera, podían ver el jardín de sus vecinos colocándose al borde extremo de su patio.

Mirando a su izquierdo, había visto las dos jóvenes españolas que vivían en ese chalet, como de costumbre cuando Neil hacia su numerito de la tarde, ellas le miraban. Nunca se podía aclarar si le veían atractivo o simplemente alucinaban con su habilidad de nadar. Pero sea lo que fuera, siempre resultaban estar en ese extremo de la terraza a esa hora del día cuando él estaba en el agua. Hoy estaban ahí como siempre, destacó con satisfacción.

Medio girando a su derecha se había dado cuenta, otra vez con gusto, que el señor Turner, dueño de esa propiedad, como siempre hacía, encontró una razón para estar al borde de su terraza para curiosear. No tenía ninguna duda de porqué miraba dentro del jardín a esa hora del día. Porque mientras Neil nadaba, ella siempre hacia topless, llevando algo ligero abajo.

No le parecía importarle a Neil el regular espionaje de sus vecinos, de hecho parecía darles una bienvenida positiva. Sin duda le gustaba mostrarse ante las mujeres y obtuvo un placer vicario al serla observada por el señor Turner. Fue probablemente una situación de "Puedes mirar todo lo que quieras, pero no puedes tocar," ella decidió. Se giraba de un lado, luego al otro, moviéndose los pechos de arriba y abajo solo para mantener su atención antes de una vez más tumbarse en la tumbona.

Vio como Neil había salido del agua y dirigirse hacia la parte profunda donde estaba colocado el trampolín. Como de costumbre se colocaría atrás en la parte de azulejo, para correr a gran velocidad hacia la tabla. Su truco era correr por encima de la tabla, pegar un pequeño salto, balanceando al borde de la tabla, dar una voltereta en el aire y en posición de cuchillo caer al agua.

Hoy, a medio camino de la tabla se resbaló, cayendo de manera rara se golpeó la cabeza con el borde de la tabla cayéndose a la piscina con un chillido y un gran salpicado de agua.

Se juntó tanto su grito con la de sus vecinos, pegando un salto, corrió hacia la piscina tirándose tras él. Fue durante este breve periodo que todo el suceso anterior al incidente pasó por su mente. O eso dijo después. O quizás le daba muchas vueltas sobre la vida que llevaban juntos y no veía más allá de eso. Cual sea la verdad, estaba convencida de que lo tenían.

Conoció por primera vez a Neil cuando tenía veintiún años y trabajaba para una empresa de arquitectos en Darlington. Él era dueño de una empresa de construcción y había ido a hablar sobre una oferta que su empresa les había presentado. Era un divorciado de casi cuarenta años y se había enamorado de ella desde la primera vez que la vio. Ella había acabado la segundaria con un pequeño certificado en matemáticas e inglés. Le daba bien la taquigrafía y teclear y podía usar un ordenador, todo aprendido en el instituto. Encontró trabajo con el grupo de mecanógrafo en la empresa de arquitectos. Y pronto a ser ayudante de oficina. "Bueno, los otros dos no sirven de nada," dijo a sus padres, cuando la promocionaron. Cuando ya llevaba un año en la empresa, un día la llamó el jefe superior. Su asistente personal, una mujer de unos cincuenta años, había tenido un accidente de coche de camino al trabajo y estaba ingresada en el hospital. La ofreció reemplazarla hasta que supiera lo que iba a pasar. Con el tiempo, su asistente no volvió al trabajo, decidió tomar las cosas con calma y jubilarse. Petra había hecho su trabajo tan bien que la ofrecieron el trabajo como fijo y ahí estaba con un pedazo de trabajo y sin ningún título.

Fue como unos dos años después que se encontró con Neil y a pesar de la gran diferencia de edad, empezaron una relación y con el tiempo se casaron. Era dueño de dos casas, uno en Darlington y otra en Hawes en los Pennines, en el norte de Inglaterra, "solamente para los fines de semanas", así decía. Lo mismo iba por el chalet que tenía en España. El era, con las palabras de Petra, "estaba forrado" y durante los seis primeros meses estuvo muy feliz y con el pensamiento de que había tenido mucha suerte. Tenía su trabajo que le gustaba mucho, había dejado su piso asqueroso de Stockton y vivía en un mundo de lujo con un hombre que amaba y pensaba que el también. Neil estaba en muy buena forma, y decía a sus padres que todo estaba "a toda vela" como decía su abuela.

Hasta que un día Neil volvió a casa, justo después que ella acababa de llegar del trabajo y la dijo que tenía que dejar su trabajo y ser una ama de casa a tiempo completo "para hacer de la casa un sitio decente" explicándose así. Ella se había reído respondiéndole que estaba feliz de cómo estaban las cosas y que no quería dejar el trabajo aún y que pensaba que ellos ya tenían una casa decente.

"Todo eso volvió a mi mente mientras corría hacia la piscina, tirándome tras él. Estaba flotando, boca abajo en el agua, con una mancha carmesí de sangre, viniendo de la herida de su cabeza y repartiéndose por el superficie a su lado," dijo a Madge mucho después cuando hablaban del acontecimiento. Madge era su único confidente en esos tiempos, ya que Neil había hecho que se apartase de sus amistades uno por uno al paso de los años. Y Neil no estaba al corriente de que ella conocía a Madge.

"Bueno, cuando me reí diciéndole que no quería dejar mi trabajo," siguió contándole a Madge. "Me golpeó, fuerte, en el plexo solar, llevó todo el aire de mi cuerpo, llegando a tener arcadas y salió de la casa. Volvió después de una hora diciéndome calmadamente que recibiría más de eso si no hiciese como había dicho. Estaba aterrorizada. Entregue mi renuncia al día siguiente.

"Los tres años siguientes viví una vida de perros. Me maltrataba, pero sutilmente, donde no lo podían ver los demás, nunca tenía el ojo morado, ni moretones para poder explicar por qué las tenía. También me maltrataba psicológicamente. Destrozó mi moral y perdí toda confianza en mí misma. No tenía a quien recurrir ya que no me quedaban amigos y mis padres pensaban lo mejor de él y que era una mujer afortunada. No escucharían ni una palabra negativa sobre él y de todos modos se habían mudado a Gales y pocas veces les veía sin él estar ahí. Pensé en ir a una acogida para mujeres maltratadas, pero me sentía fraude, estando en una buena posición, no debía a nadie y yo no tenía ningún moratón como prueba. Al final me cogí valor y le dije que quería el divorcio. Esperaba que saltara de rabia y me atacara violentamente.

"Simplemente se rió y me habló de ti."

Había contado a Petra, que su anterior esposa, Madge, le había divorciado, declarando que no había conseguido ni un duro de él. Dijo que había conseguido un buen abogado y consiguió pagar a un impostor, quien declaró haber tenido una relación durante años con Madge y ella le había dejado. La avisó que haría lo mismo con ella y que se quedaría sin ni un duro. Ahí fue cuando buscó y conoció a Madge. Madge confirmó la historia, añadiendo que los jueces dijeron que él era el inocente y que se había tenido un comportamiento de vergüenza. También explicó como uno de sus trabajadores había hablado a favor de ella ayudándola y con el tiempo se casaron. Neil le hecho del trabajo y se aseguró de que nunca iba a volver a encontrar trabajo. Aun así, explicó que uno de los rivales de Neil contrató su marido como gerente de contratos y al final tuvo un mejor puesto de trabajo.

La historia de Madge la hizo pensar y se dio cuenta que tenía que encontrar un sitio donde ir si dejaba a Neil. Necesitaría un apartamento, dinero para sobrevivir y trabajo. Sin título sabía que no iba a ser fácil. Pero la decisión estaba tomada y empezó ahorrando dinero de la que Neil la daba. Así es como iban las cosas antes de que llegaran últimamente a España de vacaciones. Todo esto afirmó, pasó por su cabeza antes de tirarse a la piscina para socorrerle.

Ella se quedó flotando al lado del cuerpo en la piscina y empezó a tirar de ello lentamente hacia un lado. Las dos mujeres españolas consiguieron subir y cruzar al otro lado hasta llegar al patio. Tardaron unos cuatro minutos hasta que pudieron llegar a ayudarla tirar el cuerpo fuera del agua. Mientras el señor Turner llamaba al teléfono. "He llamado al 061 y han enviado un ambulancia. Si abres tu verja de atrás puedo llegar a ayudarte. No puedo subir esta verja, soy muy viejo." Las dos españolas hablaban inglés así que le entendieron, entonces una se fue para abrirle la verja. Cuando llegó, le dio la vuelta a Neil y le levantó desde la mitad de su cuerpo para vaciar toda el agua que tenía en sus pulmones. Entonces le puso sobre su espalda y metió su mano en la boca de Neil tirando de su lengua. Arrodillado a su lado, empezó a hacerle la respiración boca a boca. Ya habían pasado casi diez minutos desde que Neil entró por primera vez al agua.

De repente el jardín se llenó de gente. Dos paramédicos tomaron el relevo y siguieron con lo que hacía el señor Turner y dos policías locales empezaron a interrogar a los vecinos. Petra se salió del lugar del escenario sentándose en una silla del patio y se sirvió un vaso de whisky de la botella que había en la mesa del lado.

Al cabo de un rato llegaron dos oficiales de la Policía Nacional, un hombre y una mujer, remplazando al policía local. La mujer oficial se fue hacia donde estaba sentada Petra, quien seguía con solo la parte baja del bikini. La cogió del brazo y la llevó hacia dentro de la casa apartándola del ajetreado escenario.

"Entra. Ahora vete a poner algo de ropa, me sentaré contigo hasta que venga el capitán."

Habló inglés con mucha facilidad y tenía un acento agradable. A pesar de que bajaba el sol, aún hacía calor, entonces Petra se puso una camiseta. Ahí hizo un par de llamadas para avisar a sus padres y a Madge de lo que había ocurrido. Después de casi media hora, el oficial entró y tuvo una conversación murmurada con su asistente. Luego se fue hacia Petra para interrogarla y con la mujer oficial de traductora.

"Ya hemos hablado con tus vecinos," empezó. "Me han contado lo que pasó, porque lo vieron claramente. Está claro que fue un desafortunado accidente, sin embargo si no te importa me gustaría aclarar algunos detalles."

"Por supuesto. ¿Puedes decirme que tal está Neil?"

"El médico le está atendiendo, en un rato sabremos un poco más de como está. Ahora, se resbaló tu marido desde el trampolín. ¿Puedes confirmar eso?"

"Si, mientras corría, antes de tirarse."

"Dicen tus vecinos que le habías avisado que no nadase ya que había estado bebiendo en la hora de comer."

Respondió que sí con la cabeza.

"¿Cuánto había bebido, estaba borracho?"

"Borracho no, no lo creo. ¿Cuánto había bebido? No estoy segura, dos gin-tonic y varias copas de vino, creo."

"¿Pero no pensaste que estaba lo suficientemente sobrio para nadar?"

"Agua puede ser muy peligroso si has estado bebiendo." Dijo mientras movía su cabeza estando de acuerdo con ella.

"Tus vecinos dicen que no estabas nadando, solo tomando el sol. ¿Y fuiste a rescatarle sacándole del agua?"

"Si, no suelo nadar por la tarde. Le tiré hacia un lado de la piscina, pero no podía sacarle hasta que llegaron los otros."

"Hm, ¿pero no hiciste nada para que recuperase la respiración? Lo hizo el señor Turner cuando llegó."

"No sé cómo pero estaba tratando de parar el sagrado de su herida."

"¿Sangraba mucho?" preguntó de manera brusco

"No, creo que había dejado de sangrar, o casi."

Asintió y se tranquilizó, con una cara de preocupación. Antes de que pudiera seguir hablando, el médico entró a la habitación y se puso a hablar rápido en español con los oficiales. Salieron fuera los dos hombres y la mujer se dirigió hacia Petra.

"Lo siento, el doctor viene de confirmarnos que tu marido ha muerto. En su opinión, ya estaba muerto cuando le sacasteis de la piscina. Le están llevando al hospital para hacerle una autopsia, pero solo es una rutina normal. ¿Te puedo traer algo?"

Petra, con un gesto de cabeza respondió que no, se volvió a servirse otro trago y de nuevo llamó a sus padres y a Madge para contarles la noticia. Estuvo bastante calma, pero podía escuchar la voz de satisfacción de Madge cuando dijo "por lo menos no volverá hacer daño a ti, ni a ninguna otra mujer. Mira, volaré mañana para estar contigo en el funeral."

Ya se hacía oscuro cuando volvió a entrar el capitán al cuarto.

"Lo siento, Señora Slingsby, Petra, no te culpes, hiciste todo lo que pudiste. ¿Hay alguien que puede pasar la noche contigo? ¿Te gustaría que se quedara la oficial?"

"No gracias," ella respondió, "el médico me ha dado unas pastillas para dormir, estaré bien, solo quiero estar sola. Una amiga y mi madre llegarán mañana así no estaré sola en la funeraria."

"Volveré mañana con un compañero, cuando se haga de día, tomará algunas muestras para el forense. Ya sabes, la sangre en la tabla donde golpeó tu marido la cabeza y todo eso. No te preocupes, es la rutina normal. Los tres testigos declararon claramente sobre lo ocurrido, fue claramente un accidente. No vendremos muy temprano, así te dejamos dormir y recuperarte del shock."

La sonrió compadeciéndose de ella y se volvió fuera. Por fin todos se habían ido y estaba sola.

Se sentó tomando su bebida a sorbos, recordando la mirada de Neil, medio ido por el golpe en la cabeza, cuando le alcanzó por primera vez en la piscina y le había dado la vuelta. Había sido violento mientras él intentó, también ahí, manipularla y mantenerse por encima del agua. Empezó por suplico y luego terror, cuando se dio cuenta de lo que ella estaba haciendo. Tranquilamente presionaba su cabeza bajo el agua y lo mantuvo ahí, estaba muy aturdido y débil por causa del golpe y no podía defenderse. Ella le había arrastrado boca bajo, lentamente, hasta el borde, pero tenía que esperar que llegases las dos mujeres para ayudarla sacarle del agua. Ella ya sabía que estaba muerto antes de que el Señor Turner empezara con la técnica.

Mientras llegaba la noche tomó varias decisiones. Iba vender ese chalet, pero comprar otro por ahí cerca, porque había llegado a querer Málaga y sus alrededores. El marido de Madge se podía encargar ya del negocio para ella, eso echaría más sal a la herida de Neil, donde estuviese ahora y ella misma se podía encargarse de la administración del negocio. Solo pensar que volvía a trabajar la hacía sentir bien. Tenía toda la noche para sentar y planear. No tenía pensado tomar ninguna pastilla para dormir, encima una cara pálida y cansada ayudaría mucho cuando se encuentre con su madre en el aeropuerto y también al enfrentarse con el capitán otra vez. Por otro lado tenía que esperar que se fueran a dormir sus vecinos asegurándose que nadie estaba mirando por el borde de la terraza, mirando dentro del jardín.

Y ahí, irá a paso de tortuga hacia el trampolín, con cuidado lavara la grasa que había echado temprano esa misma mañana, antes de que llegase la policía para examinar la sangre.

BRYNTOR

El Guardia Civil pidió que enviasen a un asistente británico del consulado a Málaga, para arreglar los asuntos de una anciana escocesa después de su muerte. Había vivido muchos años en un pueblo lejano llamado Adrajar situado en las Alpujarras y tenía, hasta donde sabían todos, ninguna familia con vida.

Un viceconsulado de hace muchos años, con fluidez hablando español fue enviado al pueblo para ayudarles. Porque la reunión iba ser temprano por la mañana, el oficial viajó la noche anterior y pasó la noche en un hostal del pueblo de Adrajar. Después de una cena de cantidad considerable, decidió sentarse con unos residentes británicos en el bar. Cuando supieron quién era y por qué había venido, le inundaron con información que tenían sobre la anciana.

"Tenía más de 90 años sabes, vivía en Bryntor, así es como nombró su villa, mucho antes de la guerra civil….."

"Completamente sola, nunca se juntaba con nosotros, oí que tenía amigos españoles. Estaba como una cabra, excéntrico ya sabes una solitaria."

"Era una vieja inofensiva, la conocí una vez, para hablar y no solo cruzarnos por la calle. Fue una mujer educada con un pedazo de carácter pensé."

Cada uno tenía su propia opinión, que cuanto más pasaba el tiempo y bebían más, fueron siendo negativos. Uno pensó que podía haber sido pariente de MacTaggart que vivía cerca de Gerald Brennan en Murtas, situado en

Cortijo del Inglés. Otro añadió probablemente era un descendiente directo de Queen Mary de Escocia. Para cuando se había ido el último, justo después de medianoche, no sabía más de la anciana que cuando había llegado al pueblo. Flora Clunny era una mujer soltera de 95 años, vivía en esa finca lejana de unos 3 km fuera del pueblo desde 1932. Fue algo como una solitaria, excéntrica, no se juntaba con los emigrantes pero estaba en buenos términos con los españoles.

Cuando se habían ido todos, se fue hacia el otro lado donde estaban los españoles que aún seguían en el bar. Eran tres hombres de mediana edad entretenidos en una conversación muy animados, con un anciano sentado callado al lado de ellos. Fue el anciano que le dirigió la palabra primero. "¿Estás aquí por la vieja Flora a que sí?"

Sorprendido, el oficial le preguntó, "¿entiendes inglés entonces?"

"¡No pero entiendo las palabras Flora Clunny y finca Bryntor, también estaba al corriente de que venía un consulado británico a echarle una mano a nuestro Sargento Guardia!"

Después de haber dicho eso, el anciano volvió a quedarse callado.

Entonces se juntaron los otros tres hombres a la conversación añadiendo lo que ya habían dicho los demás sobre ella y un poco más.

"Era una buena amiga nuestra."

"Escondió muchos camaradas que tenían que vivir en la colina hasta que había muerto el dictador."

"Ayudó a mi hermano mayor, Antonio, hijo de mi padre aquí sentado Don Antonio," dijo el otro, señalando al anciano en la esquina, que respondió con la cabeza pero sin decir palabra.

"¿Habías estado alguna vez en Adrajar? ¿No? Entonces no sabrías de sus misterios."

"Es lo que vosotros los británicos llamáis 'Bermuda Triangle'. La gente desaparecen." Juan, el hijo menor de Antonio, empezó contando la historia. "La primera fue María José, una profesora de escuela. Fue en 1938. Fue una mujer dura. Mi padre la conocía y me contó todo sobre ella. Pertenecía al Falange y denunció a muchas personas cuando llegaron los fascistas. Entonces un día salió a pasear y no se le ha vuelto a ver."

"El siguiente fue Pablo Romano," dijo el segundo hombre. "Era el alcalde. Tenía que dejar el pueblo justo al principio cuando empezaron los problemas y solo volvió cuando los fascistas tomaron el control. Consiguió que matasen a uno del pueblo por robar verduras de su terreno. La gente estaba hambrienta. Salió una mañana de su casa y no volvió a aparecer por el ayuntamiento. Nunca se le volvió a ver.

En total hablaron de siete desaparecidos, entre 1938 que ocurrió el primero, hasta 1970 que desapareció el último. Todos los seguidores de Franco, todos dictadores a su manera en un pueblo donde todos apoyaban una causa republicano.

Por fin el anciano rompió con su silencio. "Estáis todos equivocados. El primero fue un oficial italiano y dos

Guardias. Fue justo después de que capturaron al pueblo. Antonio mi hijo mayor, llamado igual que yo, había huido hacia la sierra. No le capturaron hasta después de 15 años. Ahí le llevaron al Valle de los Caídos, obligándole a ayudarles en la construcción del mausoleo de ese hijo de puta de Franco. Antonio tenía diez años más que Juan aquí, solo era un niño entonces y no estuvo para nada involucrado en la guerra."

"Pero me acuerdo cuando vinieron a contarte que había muerto," dijo Juan. "Ahora recuerdo que alguna vez me habías hablado del italiano y los Guardias. Dijiste que se fueron hacia las montañas en busca de champiñones y nunca volvieron. Ningún cuerpo, ni un sonido de bala, ni sangre, nada."

"Todavía te encuentras bien," tranquilizando el oficial. "Uno está seguro hoy en día, hace años que desapareció la última persona."

"Y entonces," empezó el viejo Antonio y se detuvo. "No, nada." Se volvió a quedar en silencio mientras los hombres le miraban con caras lleno de dudas.

La mañana siguiente, el viceconsulado condujo unos kilómetros a la finca que estaba situado en un pequeño valle. Ahí, Flora Clunny había vivido y trabajado hasta el día de su muerte, que ocurrió hace solo unos días. Tenía arboles de frutas, una huerta, gallinas, cabras, cerdos y obviamente por lo visto autosuficiente. La noche anterior el viejo Antonio había explicado que su hijo Juan y sus dos hijas la habían ayudado los últimos años en algunas cosas que ella ya no podía hacer por sí misma. "Ayudó mi Antonio, así que liquidamos nuestra deuda."

Ahí estaba esperando en la finca el sargento, dos de sus hombres, Juan y dos otros vecinos, quienes habían ayudado a la anciana en los últimos años de su vida.

"Si puedes ordenar sus papeles, intenta averiguar algo sobre su familia mientras nosotros damos una vuelta por la granja, hacer un inventario de sus bienes, sus acciones y demás," dijo el sargento.

En la sala principal había un intricado mesa tallada, lleno de papeles que el sargento empezó a ordenar. Había muchas fotos, algunos de su niñez en Escocia con 'Mama' y 'Papa' escrito por detrás. Una contenía dos chicas con la etiqueta de 'Donald y Yo', y después había un postal de una pequeña ciudad con 'Bryntor, Ayrshire' escrito justo delante. También había varias fotos de la propia Flora enfrente de su finca, otro ella con un hombre 'Antonio y Yo' escrito detrás. Por su cara, era el hijo mayor del viejo Antonio hermano de Juan. También habían facturas y recibos de hace unos años, cartas y muchas otras cosas. Ya se hacía tarde cuando se encontró con una caja de cartón que contenía justo lo que buscaba. Grapado junto a ello un fajo de papeles. Estaba su certificado de nacimiento, su pasaporte y su carnet de residencia. Debajo de ellos estaba el certificado de fallecimiento de sus padres y su hermano Donald, asesinado en combate de la segunda guerra mundial. Después un certificado de boda en español, emitido en Almuñécar en el año 1941. Una boda con el nombre de Flora Clunny y Antonio Roberto García

Bravo, presuntamente el hijo del viejo Antonio. Después había una fotocopia de una nota avisando al viejo Antonio sobre la muerte de su hijo mayor Antonio Roberto 'rebelde y traidor, en el Valle de los Caídos.' Por debajo de esto había un testamento, redactado también en español, emitido en 1980 en Motril. Era el último testamento y era de Flora Clunny declarando que no tenía, de lo que supiese, ningún familiar aún con vida. Había dejado todos sus bienes al viejo Antonio, el padre de su marido y si el muriese antes que ella, entonces pasaría a su hijo Juan, sus hijas y los hijos de todos ellos.

En la parte inferior de la caja había otro folio, pero antes de que pudiese empezar a leer, escuchó un jaleo que venía de fuera y el Sargento Guardia le llamó. "Señor, ven rápido."

Cogió los documentos y salió corriendo rápido por la puerta. Los españoles estaban de pie alrededor de la puerta de una caseta de piedra, que habían abierto obviamente por la fuerza.

"No pudimos encontrar una llave para esto así que lo acabamos de romper," explicó el Sargento. El oficial miró dentro y vio una fila de esqueletos, once en total con nombres escritos en tarjetas colocados en la frente de cada uno, con un montón de ropa a los pies de ellos. Vio que los tres primeros tenían uniformes a sus pies y la cuarta tenia de nombre en la tarjeta 'María José Conde Byass.'

"¿Señor, de que se trata todo esto?" Preguntó el Sargento con impotencia.

El oficial empezó leyendo en voz alta el testamento y el certificado de matrimonio mientras estaban todos de pie enfrente de los restos macabros. Levantó la mirada y vio que el viejo Antonio callado como nunca, se había acercado a ellos. Entonces siguió leyendo, cada vez más lento ya que estaba escrito en inglés y tenía que ir traduciendo a la vez, la última hoja.

"La confesión de Flora Clunny. 10 de diciembre 1974. Yo, Flora Clunny, confieso haber cometido homicidio a once terroristas fascistas. Envenenando a diez de ellos, con una porción de adelfa, metido en vino para que lo bebiesen. Apuñalando el otro. Nadie más estuvo involucrado ni cómplice de estos muertes." Entonces había una lista de los nombres, nueve hombres y dos mujeres.

Se volvió a levantar la mirada hacia el viejo Antonio.

"¿Sabías algo de esto?"

"Sí señor," respondió el nuevo dueño de la finca.

"¿Y el undécimo también? ¿Eso ibas a hablar ayer?"

"Oh sí. Vivía una vez en el pueblo, pero mudó a Almuñécar en el momento de la boda. Ella vio a Antonio después de la boda y él, no Flora, mi querida nuera, le acuchilló. Afortunadamente esto pasó muy tarde una noche y las calles estuvieron desiertas. Él tenía que atarla para silenciarla, seguro que fue la peor de todos ellos y podía haberlo denunciado. La trajimos de vuelta aquí y la colocamos con los otros. Oh si, estuve en la boda, ahí fue cuando descubrí la verdad sobre los desaparecidos y descubrí la buena camarada que era."

El Sargento se quedaba cada vez más perplejo. "¿Cómo os venga bien, pero alguien me puede explicar de que estáis hablando y qué es todo esto?"

Haciendo un gesto con la mano hacia los once silenciosos huesos.

UN ATRACO

La primera vez que entró al banco situado en Río de los Olivos, casi se sintió insultado. Era un sucursal del banco Cajamontes, con hueco para solo dos empleados detrás del mostrador de madera, a pesar de que Río no era un pueblo tan pequeño. Lo que le pareció un poco sorprendente es que no había guardia de seguridad. Inclinado al mostrador podía ver un cajón abierto, que él podía alcanzar, lleno de billetes. Había ido al banco con el agente a quien iba comprar su villa y cuando estuvieron fuera, haber acabado con el trato, hizo un comentario sobre la falta de seguridad.

El agente le miró sonriendo. "¿No lo necesitan, a que no?" dijo, mirando alrededor. El banco estaba situado en la punta de una pequeña plaza que llevaba al estrecho carretera principal, con árboles en cada lado. En cada punta de la plaza tenía un camino con forma de un pequeño giro hacia la derecha, con un tamaño suficiente para que pasen coches solo hacia una dirección. Había espejos colocados para que los conductores pudiesen ver si tenían camino libre para pasar.

"Un mal lugar para una huida rápida," siguió. "Y entonces, piensa donde está situado el centro, con solamente un camino en cada lado."

Es alrededor de una hora conduciendo a Río de los Olivos desde la carretera principal, justo al final del valle en los Montes de Málaga. La carretera era estrecho y con curvas en ambas direcciones, atravesando dos pueblos hacia el oeste antes de llegar a la costa, mientras que la carretera del este te llevaba directo desde el valle a la cuidad.

"Aparte del problemón para salir de la plaza, para cuando uno consiga llegar al final del valle, el Guardia Civil habrá tenido más que suficiente tiempo para cerrar las calles," concluyó el agente, declarando lo obvio.

El hombre asintió con la cabeza mientras le sonreía. "Mejor que las rejillas, antibalas, alarmas y demás," había acordado. Lo que le había trastornado, cual casi le parecía un insulto, fue que durante años, en Inglaterra, se ganaba la vida robando bancos y correos. Con mucha seguridad y conseguía robar sin ser cogido. Y aquí, en La España profunda, un pequeño banco desprotegido, lleno de dinero por lo que pudo ver y aparentemente imposible de ser robado. Fue una difamación para su profesionalidad y desprecio a su ego.

Durante los años siguientes, viviendo solo unos pocos kilómetros de Río, visitó muchas veces el banco de Cajamontes y en cada visita con la preocupación de como asaltarla. Era como si trataba de un tema de honor encontrar una solución. Después de que ya habían pasado tres años desde su primera visita, pensó que había encontrado la respuesta. Afortunadamente para él, se encontraba en una buena época donde tenía tiempo para hacer sus propias investigaciones preliminares. Su última compañera había vuelto indignado a Inglaterra. Había encontrado un posible remplazo en Marbella, pero ella no había mudado aún. Mientras tanto vivía solo y tenía todo el tiempo para hacer sus planes.

Un poco más abajo desde la cuidad hacía el este, había un camino de tierra que llevaba durante unos doce kilómetros a otra ciudad, San Marcos, justo antes de incorporarse a la carretera principal hacia Ronda. Este carril no servía como ruta de escapada, ya que uno tardaría aún más en bajarlo comparado a los dos caminos exteriores y podría ser cerrado por la guardia. Sin embargo, un atajo para bajar llevaba unos dos kilómetros de la carretera principal antes de tomar un nuevo giro brusco. Se puso un par de botas y pantalones cortos, bajó esa carril conduciendo justo como mostraba el mapa, que llegaba a la carretera de Ronda y encontró un sitio para aparcar fuera del camino detrás de unos árboles de olivo. Dejando su coche donde no podía ser visto, salió a caminar la corta distancia entre el atajo y la carretera.

Cerca de la carretera encontró un lecho seco del río que entró y le bajó. Este le llevó a la carretera, fuera de la vista del tráfico que pasa sobre el mismo, hacia la boca de una alcantarilla que media unos dos metro de diámetro. Pasó por la alcantarilla, debajo de la carretera y siguió por el lecho del rio seco aún estando fuera de la vista de los coches que pasaban hacia y desde Ronda. De pronto llegó a un camino aún más pequeño. Salía en el mapa que le llevaría a la N340, una ajetreada autopista que llevaba a lo largo de La Costa Del Sol.

Recorrió los mismos pasos de vuelta, recuperó su coche y condujo de vuelta a Río. Al día siguiente volvió a bajar el valle, hacia la carretera hacia Ronda y entró al caminito que había estado el día anterior, aparcando en el lugar donde empezó a caminar, recordando su camino hasta llegar a la alcantarilla para estar seguro. Por ahí cerca encontró un lugar donde podía aparcar su coche fuera de la vista. Había terminado la preparación.

Cada mes el banco de Rio pagaba la pensión de los ancianos y los enviudados en la cuidad, en este día obviamente habrá dinero de sobra en ese cajón. Eligió el siguiente día de pensión para el atraco. Estuvo confiado de que sería un éxito, tanto que prometió a su nueva novia que estaría en Marbella dos días después del acontecimiento, para recogerla y llevarla a su villa. Su confianza venia de que siempre había tenido éxito en sus anteriores robos y consiente que lo tenía todo bien calculado. Se sentía feliz, excitado al pensar en la perspectiva de la acción y ya no se sentía irritado al pensar en un banco sin seguridad.

Dos días antes del día planeado para el atraco, bajó conduciendo por el mismo recorrido, aparcó su coche detrás del árbol de olivo y caminó hacia la alcantarilla. Esta vez al llegar a la alcantarilla, subió a la carretera y caminó hacia una parada de autobús que había cerca. Aquí, montó en un autobús con dirección a Torremolinos. Se compró un casco, una visera oscura y un mono de trabajo completo. Por la tarde robó una motocicleta aparcado en un supermercado y lo condujo fuera de la cuidad. Una vez que se encontraba en las afueras, se detuvo y quitó el número de placa y se deshizo de ella. Condujo de vuelta a donde había dejado su coche, detrás del árbol de olivo, escondió la motocicleta en el mismo lugar y volvió a casa en su coche.

Mario, un cabrero de San Marcos, tiende su rebaño normalmente en la por encima del mismo valle donde dejó la motocicleta, detrás del árbol de olivo. Había visto las visitas que había hecho con su coche a ese mismo lugar y había bajado a mirarla cuando se iba caminando. Mario estaba más que acostumbrado de las actitudes raras de los extranjeros de por ahí y había asumido que el hombre solo iba a caminar un rato. Fue cuando ya era oscuro que el hombre cambió su coche por la motocicleta y entonces Mario había vuelto a casa. La mañana siguiente vio que el coche, que estuvo detrás de los arboles la noche anterior cuando había vuelto a San Marcos, ya no estaba y remplazado por la motocicleta. Bajó para echar un vistazo más de cerca, ni lo tocó ni contó a nadie lo que sabía, pero pensó que podría volver a cogerlo si quedase ahí aparcado por mucho tiempo. Su hija se casa dentro de unos meses y le vendría bien hacer un dinero extra para que ella tuviese una buena despedida. Pensó que podría vender la motocicleta a un comerciante en Fuengirola, aún sin los papeles del vehículo pero tendría que asegurarse primero.

A la mañana siguiente se despertó el hombre temprano, condujo hacia el camino de tierra donde estaba la motocicleta, se puso el mono de trabajo, los guantes y el casco y así disfrazado volvió conduciendo hacia Rio de los Olivos. Paró justo al lado del banco, acababan de abrir cuando entró y sacó una pistola. Todo iba demasiado fácil.

Había practicado todas las frases españoles que necesitaba y movió la multitud de pensionistas a un lado diciendo "poneos al lado." Entonces lanzó un saco por encima del mostrador para los trabajadores, al encargado y su asistente, les dijo de sacar todo el dinero que tenían en sus cajones y ponerlo en la bolsa, "pon el dinero en el saco". Esas frases, aunque no estuviesen gramáticamente correctas, le entendieron muy bien.

El gerente del banco permaneció con calma y dijo a todos que hiciesen justo lo que les mandase y tranquilamente llenó la bolsa de dinero. Él sabía que el atracador no podría escaparse ya que le cogerán al final de la carretera principal.

Ordenando a todos de permanecer en el banco durante cinco minutos, salió corriendo del banco y se subió a la motocicleta. Entonces ahí, dos cosas desafortunadas ocurrieron. Lo primero fue que pasaba un camión y no había espacio suficiente para una motocicleta. Tuvo que quedar parado durante unos segundos antes de que pudiese adelantar el camión por detrás y bajar la calle. Lo segundo era que un policía local entro a la plaza durante esos segundos de espera suya. Uno de los pensionistas, a pesar de la instrucción del gerente del banco, salió y gritando al policía, que el hombre que iba en la motocicleta acababa de atracar el banco. El policía sacó su pistola y disparó varias veces hacia el atracador mientras conducía.

Pronto el director contaba lo ocurrido a un Guardia.

"Era un extranjero, inglés creo, por su acento," dijo y después de ello, en nada de tiempo, las calles fueron cerradas por los Guardias Civiles.

El hombre sintió la bala pasar por su muslo mientras conducía la motocicleta, a causa de esto tambaleó un poco pero no cayó de la moto. Condujo bajando el camino, desviando al camino de tierra y llegó a su lugar de escondite detrás de los árboles de olivos. Para cuando llegó ahí, había perdido mucha sangre, pero se había colocado un vendaje de apaño para suavizar el sangrado. La bala no se encontraba en la herida, pero solo le había rozado su muslo. Pensó que iba estar bien por lo menos hasta que llegó a su coche, donde tenía un kit completo de primeros auxilios. No era la primera vez que le habían disparado en sus años de carrera, tampoco, desde luego herido. Sabía que la policía solo había tenido suerte en llegar a darle. Empezó a caminar lo más rápido que podía bajando el valle, dejando la motocicleta, el mono de trabajo y el casco detrás. Mientras caminaba abrió la herida y perdió aún más sangre, añadiendo a esto el calor del sol que le hacía marear y sentirse aturdido. Por fin llegó a la alcantarilla y se sentó para descansar agradecido por la sombra.

Nunca más le volvieron a ver. Después de unos días esperándole en Marbella, su novia dejó de esperarle y se fue con otro hombre.

Encontraron su coche descompuesto por unos adolescentes, lo habían conducido durante un corto tiempo y después lo vendieron a unos ladrones de coches y finalmente vendido en Morrocó.

Su villa permaneció vacía durante anos, decayendo poco a poco. La gente decía "a saber lo que habrá pasado con el viejo… ¿cómo se llamaba? Hace años que no sale."

Nunca recuperaron el dinero ni culpable y Cajamontes instalaron unas pantallas de seguridad para evitar otro atraco.

El viejo Mario recogió la motocicleta y el casco y les vendió para ayudar en la boda de su hija. Cuando fue por las cosas encontró el mono de trabajo roto en la pierna y cubierto de sangre. Unos días después escuchó la historia sobre el banco atracado y oyó como el policía fardaba de como su disparo había alcanzado el atracador. Nadie le creía pero Mario dudó. Se fue por el mismo trayecto del valle igual como había visto el hombre caminar. Dos días después de tanto rebuscar los alrededores, encontró lo que quedaba del cuerpo en la alcantarilla, parte comido por perros callejeros y zorros.

Al lado del cuerpo había una bolsa que contenía seis millones de pesetas. Su hija desde luego tuvo un pedazo de boda.

EL CIEGO

Lo primero que me di cuenta al bajar del jet fue el calor que me pegó. De estar en un avión con aire acondicionado, era como encontrarse con un muro espeso, eso al menos no había cambiado. Caminando, atravesé el pavimento y entré en el autobús que llevaba tanto a mí y los otros pasajeros del vuelo a la puerta de llegada del aeropuerto. Reflexionando que eso tampoco había cambiado después de tantos años, los tiempos que visitaba mi tía Sasha cuando era niño e adolescente, siempre había sido igual. Lo que había cambiado eran los olores. Antiguamente, hace unos veinte años ahora. Lo primero que te afectaba al bajar las escaleras era el olor. Después de un olor sin nombre del aeropuerto de Gatwick y Heathrow, el aroma de España para mi estaba siendo como exótico. Una mezcla de lo que pensé ser perfume de los árboles de olivo, estancados de agua infectados bajo el calor y cigarrillos baratos, o puede, que sea solamente un olor que llegaba a las fosas nasales a la vez que entraba el calor. Ahora el aire olía bastante diferente, neutro, igual como el de Gatwick que hacía dos horas y media que había salido de ahí. Tal vez, en realidad, nada había cambiado sino mi percepción. La diferencia entre las impresiones de un joven, a la de un cínico, de mediana edad, hombre de negocios, era el causante del cambio.

Después de un rato, entrando a la sala de llegadas, hacia el sol de Málaga que dejaba a uno ciego, vi que ya no reconocía nada. La última vez que estuve aquí, justo antes de la muerte de mi tía, me acuerdo atravesar el parking, pasar por encima de un puente hasta llegar a la estación de tren. Ahora delante mío estaba el parking, aunque diferente seguía ahí, pero no había un camino claro para llegar a los trenes que iban en dirección contraria. Recuerdo que George, mi primo e hijo de mi tía Sasha, me había comentado en uno de las cartas que me envió después de la muerte de su madre, que el terminal había cambiado. Solo le había escrito una única vez, por estar siempre ocupado organizando mis operaciones en el Reino Unido y por Europa, pronto dejó de escribir. Ni sabía si seguía viviendo en la vieja granja hecha de piedra cerca de Coín o si, después de la muerte de su madre, había mudado algo más cerca de Málaga. Me dijo que iba a empezar a trabajar con la Policía Nacional de la cuidad. Como un niño nacido en España de un matrimonio entre mi tía, una mujer inglesa con descendientes rusos, y un marroquí residente en España, él hablaba inglés, español, ruso y fluido árabe. No tuvo ningún problema para encontrar empleo. Su objetivo era ser detective de ese sucursal o si es posible, del servicio secreto de España. Como la carrera de dos primos pueden ir de caminos tan distintos, pensé.

No me hacía falta tomar el tren pensé y caminé hacia el primer taxi en la cola de taxis que esperaban pasajeros. Estaba teniendo mucho éxito con mis operaciones y ya no tenía que viajar en bus ni en tren. Tenía sentimientos confusos con respecto al regreso a España, especialmente de negocios. Había creado una regla de no trabajar en

América ni en el Sud de Europa. Demasiadas pistolas, llevados especialmente por policías. Sin embargo, esta vez hice una excepción por petición de un viejo amigo. Y por un precio muy alto.

Pensando en amigos, naturalmente pensé en Ciego. Durante mi infancia, de vacaciones en Coín, Jorge, Ciego y yo éramos inseparables. Si los compromisos de negocios y mi seguridad personal lo permitirían, él era alguien a quien podía recurrir si podía encontrarle. José María, el Ciego. Es mejor que lo explique, 'el Ciego' era su apodo, algo que no tenemos en inglés, pero es lo normal aquí. Lo mismo utilizado para toda su familia. Prácticamente todas las familias tenían un apodo, algunos con significados concretos como Ciego, pero otros inventados. Estos remplazados con los apellidos, cuales son complejos en España, no me acuerdo ni siquiera del apellido de José y si la había conocido. Obviamente no era ciego, su padre y abuelo también fueron llamados Ciego, de igual manera todos sus hermanos, era el apodo de la familia. Presuntamente un ante pasado de ellos era ciego y se habían quedado con el apodo.

Él taxi me llevó a un pequeño hostal de clase media, casi cerca del puerto. Específico esto, no porque no me podía permitir un hotel de lujo, sino que cuando estoy trabajando me gusta estar en lugares pequeños, tranquilos, discretos y alejado de la gente. Coloqué mis tres maletas encima de la cama y cogí unos objetos seleccionados de cada uno de ellos. Habían sido repartidos entre mis maletas para evitar una detención y ahora empezaba a juntarles para formar una unidad, lo cual miraba que no había sido destrozado. De igual manera la volví a desmantelar guardando los objetos en distintos sitios de la habitación.

A la mañana siguiente volví al aeropuerto y alquilé un coche. Conduciendo hacia el este por la N340, tomé la salida de Algarrobo Costa y subí el valle hacia el lejano pueblo llamado Yucas. Era una zona que no conocía para nada y había pasado varias horas explorándolo, asegurándome que la llegase a conocer bien. Encontré un puñado de árboles de olivo en una ladera situado justo enfrente de la plaza, me venía genial justo para mi propósito. Entonces atravesé la plaza estudiando la parte delantera del ayuntamiento, donde me habían dicho que los de la asamblea estarán reunidos en las fiestas ese fin de semana.

Después de unas tapas y un par de cervezas conduje de vuelta pasando Málaga y arriba hacia Coín, girando hacia Cártama justo antes de entrar en la cuidad. Ahí estaba la villa de Sasha, pasándola al conducir, reviviendo mis viejos recuerdos. José María había vivido una corta distancia de ahí bajando un camino de tierra. José María, pensé, comparando lo con la manera femenina María José, era un nombre común en España. José y María, María y José. Había llegado a conocer por lo menos tres José María en mi infancia. Una coincidencia que la razón de mi visita aquí tiene por nombre José María. José María Ramos Sánchez, alcalde de Yucas, un hombre de negocio local bien conocido y miembro socialista de la Junta de

Andalucía. Su negocio y actividades políticas aparentemente ha hecho enfadar a mis clientes actuales, causándoles problemas fináncialas y judiciales.

Volví a Coín, parando en un pequeño bar para comprar café. Indirectamente, para no llamar la atención, pregunté por Jorge y Ciego. Una cosa que me ha sorprendido y complacido desde que he vuelto a España, es como el idioma había vuelto. Como adolescente, pasando todas mis vacaciones donde Sasha y juntándome con los niños del pueblo, llegué a hablar español fluidamente. Aún después del intervalo, sigo pudiendo hablar bastante bien. Nadie de los que se encontraban en el bar sabían de ellos, pero un anciano se acordaba de Sasha y de su familia. No pregunté mucho y salí de ahí rápidamente, porque creía conocer al anciano. Se llamaba Paco, no servía de nada porque había muchos Pacos por aquí y estaba preocupado por si me había reconocido.

Los siguientes tres días antes de las fiestas, previsto para empezar el viernes por la tarde, la pasé explorando la zona entre Yucas y la carretera de la costa. Estaba preocupado de que solo había tres posibles carreteras, todos siendo estrecho y sinuosa. Sin embargo pude encontrar dos o tres carreteras sin asfaltar que también podía utilizar. Estos me podían salvar de cualquier cierre de carreteras que ocurriesen.

Desde luego tenía mucho tiempo para pensar y todo iba sobre los tres y nuestra infancia juntos. Volvió un recuerdo de Ciego. Cuando estuvo entusiasmado o tenso, bajo estrés o el centro de la atención, como al entrar en competiciones durante las fiestas de Coín, tenía la manía de pegarse tirones a su oreja izquierda y barriendo su pelo rebelde alejándolo de su frente. Hacía esto inconscientemente y el resto de nosotros le imitaríamos empeorando su estado de vergüenza.

Para estar ocupado mientras que llegase sábado, también visité las cuevas de Nerja y el castillo de Málaga. Al subir el castillo recordé previas visitas con Sasha y Jorge, y como Jorge y yo corríamos alrededor de las paredes fingiendo ser Moros y Cristianos. Eran días soleados y calurosos como era de esperar aquí en junio y ya sabía que estaba volviendo demasiado relajado y nostálgico. Era algo bueno que no había encontrado a Ciego y Jorge, me di cuenta, sino les hubiese acercado y habría puesto toda la misión y mi propia seguridad en peligro. Tenía que darme cuenta, dije a mi mismo, que ahora vivía una vida diferente y tenía un trabajo que hacer.

Por fin llegó sábado y me puse unos pantalones cortos con botas y volví a recuperar todas las partes de mi arma que había repartido por toda la habitación, colocándoles en una mochila junto a una botella de agua. Conduje una vez más por la N340 y hacia la carretera de Las Yucas. Aparqué el coche alejado unos 4 kilómetros, cerca de la entrada de uno de las carreteras que había encontrado sin asfaltar y haciendo lo que quedaba al pueblo a pie.

Entonces subí la ladera hacia donde estaba los arboles de olivos enfrente de la plaza y me aseguré de que no había nadie por ahí cerca. Era un día festivo así que no esperaba que nadie estuviese trabajando en el campo, pero nunca es demasiado el estar completamente seguro con mi tipo de trabajo. Tenía mucho tiempo ya que solo era la una y el alcalde tenía previsto salir del ayuntamiento a las tres, según el programa. Sabía que realmente podía ser, seguramente iba a ser, muchísimo más tarde que eso.

Las fiestas habían comenzado la noche anterior y mirando hacia abajo al pueblo, podía ver que había sido decorado con banderas y serpentinas y había mucha gente en la plaza donde habían colocado un bar temporal. Tocaba una banda en uno de las calles que llevaba a la plaza, donde parecía ser que acababan de terminar un evento. A las dos ya no había tanto ruido y saqué las piezas de mi mochila. Monté rápidamente mi rifle y coloqué la mirilla telescópica. La eché un vistazo por si estuviese bien colocado y la cargué. Después escaneé la delantera del ayuntamiento por el telescópico. Era tan potente que podía ver cualquier detalle mínimo, podía hasta leer una nota escrito un una puerta. Ahora, solo era cuestión de esperar.

A unos dos minutos pasados las tres, lanzaron varios cohetes delante del ayuntamiento y la gente volvía hacia la plaza. A las tres y cuarto lanzaron más cohetes y se abrieron las puertas. Miré a través de la mirilla, después de haber estudiado la cara de José María Ramos Sánchez, lo cual en cualquier caso, ya conocía muy bien. Con unas gafas pesadas, con bigote y barba. Era fácil de reconocer. Llegó a la puerta y se colocó en la primera escalera superior, se detuvo antes de comenzar a bajar hacia la muchedumbre.

Enfoqué la mirilla sobre su corazón. Justo cuando apretaba el gatillo, se levantó la mano izquierda y tiró de su oreja izquierda y estaba a punto de comenzar el gesto de barrer el pelo de su frente, cuando le llegó mi bala.

Salió un gemido por mi boca, era Ciego. Había matado mi amigo de la infancia. Senté afligido y paralizado. Sabía que no tenía que romper mi regla y coger un contrato fuera de Gran Bretaña y Norte de Europa.

A pesar de ser un rifle silenciado, los agentes que estaban situados en la plaza podían fácilmente decir de donde había venido el disparo, y corrieron inmediatamente hacia mi dirección. Era una buena distancia de venir, superior a más de 500 metros y sabía que había reservado tiempo suficiente para escapar. Todo dependía de un buen plan. Pero en vez de huir, me quedé sentado, el rifle en el suelo a mi lado, lamentando y esperando.

El primer policía que se encontraba en el lugar del crimen llevaba ropa callejera, subía la cuesta del valle avisando a los otros de separarse para rodearle. Sin sorprenderme reconocí a Jorge, que comparado a Ciego no había cambiado para nada, no llevaba gafas ni la cara lleno de pelo facial. No fue sorpresa ninguna. Si una figura importante había recibido amenazas de muerte, y perseguía los mafiosos de los alrededores, necesitaba protección, teniendo un amigo entre la policía nacional, en el distrito de secretas, es lógico que estuviese en el caso.

Cuanto más se acercaba, levantaba mi arma. No tenía intención alguna en utilizarla, pero le apuntaba.

"Jorge," dije, con lágrimas en los ojos.

Puso su pistola en mi cabeza pero no disparó, como había esperado que hiciese. Sino que bajó su arma y cogió el rifle de mí no resistente agarre mientras hacía señas, a los dos policías locales y dos guardias de no moverse de donde estaban.

"¿Primo?" dijo en español, "¿Eres tu primo? Sabes lo que acabas de hacer, acabas de disparar a José María, El Ciego, tu amigo. Ha sido una buena idea insistir en que llevase una chaqueta antibala."

Así que no le había matado sino solo una herida en su costilla y aquí sentado, esperando el juicio, estoy alegre. Tendría de por vida, ya que me han conectado con otros trabajos previamente hechos. De hecho, les he contado todo. A ver no podía vivir con lo que había llegado a ser como persona.

Sí, yo llegué a ser El Ciego. El ciego.

POR ENCIMA DEL BORDE

La estrecha carretera hacia Las Hojas ascendía uno 600 metros desde la llanura costera hacia el pueblo, con una secuencia continua de curvas y rectas. En un lado de la carretera, la sierra desaparece por un pendiente, mientras que al otro lado asciende casi verticalmente juntándose con la cuesta arriba. En las peores curvas, la carretera está protegida por barreras quitamiedos, postes de acero y barandillas. También viejas piedras colocadas de vez en cuando en las carreteras. Lo restante, los rectos y donde había pocas curvas, estaban desprotegidos. Como el agente británico, vendedor de muchas casas al creciente comunidad de ex patriotas, avisa a sus clientes "no es al Guardia Civil por quien debéis preocuparos si sobre paseéis el límite de alcohol al conducir, sino en evitar conducir por encima del borde."

William Ambrose estaba sentado encima de uno de estos piedras quitamiedos en un pequeño rincón, unos kilómetros por debajo de Las Hojas. Desde donde estaba sentado tenía una buena vista de la carretera que le sobrepasaba y el que iba por debajo de él. Cuando se sentía agitado, era costumbre coger su coche y conducir velozmente por la estrecha carretera, para alejarse un poco del mundo, y dejar que su humor cambie antes de volver a casa. Mirando hacia arriba, vio el inconfundible coche que pertenecía a Roger bajar la carretera, "llámame Rog," Bray. Bray era el causante inconsciente de sus agitaciones y al ver el coche, le entró miedo y pánico.

Volvió corriendo a su coche conduciendo rápidamente bajando la cuesta. Tanto era el pánico que se tomó una curva desprotegida de forma rápida, frenó demasiado tarde y muy fuerte. Patinando salió volando por encima del borde. Su último pensamiento consiente fueron las palabras del agente, con quien había discutido y había dejado de hablar. De cierto justicia poética.

Al rato, un aterrorizado Roger Bray estuvo de pie mirando abajo a lo que había quedado del coche, junto a varios españoles, mientras se quemaba en el barranco.

La raíz de esta tragedia venía de muchos años atrás. William Ambrose, siempre William, nunca Will ni Bill. Él era un ex profesor de inglés y E.F. Él había enseñado en institutos durante muchos años en el norte de Inglaterra. Alto, siempre impecable, el cabello arenoso y un bigote bien cepillado. Tenía una imagen que imponía. Siempre demasiado respetuoso y precavido con su lenguaje al hablar. Nunca un 'quien' cuando debería ser 'a quien'. Unos le consideraban culto, mientras que otros le consideraban obsesivo. Un ligero brillo maníaco que reflejaban sus ojos, daba una pista en cuanto a la realidad. Como profesor de colegio tenía tres debilidades. No podía mantener el orden en una clase, una debilidad explotado por los alumnos. Tenía una incapacidad de relacionarse con la gente, entonces no podía llevarse bien con sus compañeros, causando una incomodidad en la sala de profesores. La tercera debilidad que era desconocido para muchos aparte del director, era su fascinación por las chicas más adultas especialmente su lencería. Este último era sabido por varios chicas, quienes la mayoría intentaban no ser visto, pero se habían acostumbrado de cómo les miraba en las planadas de juego.

Uno de estas chicas, Betty Williams, conocida por ir siempre de frente, le puso una trampa y después acusándole del intento de violación. Su padre, un obrero de construcción corpulento, fue al colegio y montó una escena y dio un puñetazo a William en la nariz.

Ambrose tuvo suerte que la acusación ocurrió un tiempo antes de que saliese una gran acusación sexual, que había causado un escándalo nacional y el hecho de que el padre de Betty le había asaltado. Este incidente le condujo, no siendo la primera vez, a una crisis nerviosa y estuvo de baja por un largo periodo. Durante este tiempo el director y el padre de Betty, quienes estaban al tanto del carácter de ella, hicieron un trato. No habrá persecución por el acoso, ni por el golpe al profesor. Entonces el director pudo procesar la jubilación de Ambrose con 49 años, con la justificación de problemas de salud.

Una vez más a William le tocó la fortuna, al vender su casa obteniendo un alto beneficio en la época de la subida de venta de pisos. Compró su casa en Las Hojas, tierra adentro de la Costa del Sol por un precio bajo, invirtió las ganancias y vivió cómodamente de su pensión y de las rentas de inversiones. Nadie tenía razones a quejarse, a no ser por los contribuyentes de donde venía su pensión y el nuevo dueño de su antigua casa, quien pronto fue una víctima del patrimonio negativo cuando cayó el precio de las viviendas.

Durante todo este tiempo su mujer Ann le había apoyado. Solo tenía unos años menos que él, de pelo claro y condado tanto el acento y la manera de vestir. A pesar de su difícil e inestable carácter, ella había sido bastante feliz durante el matrimonio, hasta que se mudaron a España. Ella no quería mudarse, cuando se mudaron se puso triste y se empezó a
dar cuenta de las peculiaridades de su marido.

Empezaba escribiendo historias, "no son para publicar, solo para mi propio placer" decía a los pocos amigos que habían podido conservar en el distrito. Estas historias trataban sobre la comunidad de expatriados. Ann les invitaba a cenar y evolucionaba las historias de sus vidas. La mayoría de estos eran bastante erróneos pero, para él, llegó a ser realidad. Janet Pusey, una matrona bien gruesa, en realidad había sido, en la mente de William, una prostituta de Leeds. Jerry Paxman, quien en la vida real había sido un cartero, para William era un concejal deshonesto del condado de Exeter, y más.

La segunda obsesión, cual había empezado en Inglaterra pero ahora había empeorado y desarrollado aún más, era la insistencia a que Ann llevase ropa interior sexy. Llevaba seda y lencería transparente, un sujetador fácil de deshacer y pantalones con apertura entrepiernas infelizmente debajo de sus vestidos floreados clásicos.

Diez años después de que habían mudado a ese pueblo, llegó Roger Bray. Rog era un viudo del este de Londres, con un acento basto y un poco más mayor que Ann. Había sido dueño de una antigua casa editorial en Bethnal Green, hasta que lo vendió a su socio justo después de la muerte de su mujer y se mudó a Las Hojas. Nunca dijo a nadie en qué consistía su trabajo y si lo hiciese, le inundarían con manuscritos por quienes podrían ser autores. Permaneció callado cuando se mudó a España, simplemente diciendo que "había tenido una empresa en East End". En una de las visitas a la casa de Roger, William había visto una réplica de una pistola, un arma que parecía bastante real, pero en realidad era un mechero. Un regalo de parte del personal cuando vendió la empresa. Como sea, para William era real y creó una historia en cual Roger era el jefe de una 'empresa' de mafiosos en East End. Dejó la historia, recién escrito, en la mesa donde Ann la encontró, justo antes de la llegada de Roger. La dejó rápidamente en un cajón pero se olvidó de decirle.

A la mañana siguiente, después de la visita, buscó en vano por la historia mientras que Ann había salido por el pueblo y estaba convencido que Roger la había encontrado y se la había llevado. Su inestable realidad tomó control sobre él. Para él, la historia era la realidad, el mafioso Roger descubriría que él, William, sabía todo de él y vendría tras él. En un estado alto de alarma y de agitación, condujo bajando la montaña y aparcó en un apartadero. Vio aterrorizado como Roger le seguía con la pistola preparada. Esto le condujo por encima del borde, tanto mentalmente y en la realidad.

Nueve meses después del funeral, Roger fue a cenar en casa de Ann. Como había sido el primero en el lugar del incidente, había llegado a tener una relación cercana y el muy pendiente de ella sintiéndose un poco responsable de ella. Esta noche tenía una mala noticia. Le había contado de su pasado como editor y pidió llevar las colecciones de historias de William para leer y si estaban bien enviarlo a su socio para que lo publicase.

"Temo que no son tan buenas, mal escrito y con altos injurias. Tengo que decir que no podría ver a la señora Pusey como prostituta, pero disfruté leyendo sobre mí, siendo el mafioso de East End.

Ann sonrojo porque había pensado quitar esa historia antes de haberle dado la colección.

"Lo siento, pero no sirven para publicar."

Ann no estaba para nada preocupada. Había descubierto, que solo con la entrada mensual de su inversión y el seguro de vida de William, no le hacía falta el dinero de la publicación. También le gustaba Roger, tanto su carácter y lo fácil que era llevarse con él, comparado al meticuloso de William. Ya no quería dejar España y estaba feliz viviendo en el pueblo. Su voz llegó a ser dulce, menos pertinente y convencional de forma natural.

Esta noche, por primera vez desde la muerte de William, llevaba debajo de su vestido vaina, eso siendo un cambio con las de flores que solía llevar, un par de ropa interior transparente de seda. Roger no estaba al tanto de esto "al menos no todavía," ella pensó.

Después de cenar, en la azotea, sacó dos vasos de brandy, inclinándose hacia él, dándole el vaso, dejándole que vea sus pechos, separados y levantados por el sujetador, a través del escote de su vestido.

"¿Tomemos esto dentro? Ya salen los mosquitos y esto es muy pública." Ella miró la tranquilidad del alrededor, tejados y terrazas vacíos que les rodeaban. Giró y se alejó suavemente, entrando en la casa.

LA ÚLTIMA PALABRA

"¿Supongo que nunca habías sido testigo de un crimen? Bueno tampoco lo ha sido mucha gente."

Mi invitado permaneció callado, esperando una respuesta. Permanecí en silencio, concentrado en mi juego de rompecabezas que tenía media hecha. Estuvimos sentados en la terraza de mi villa situado en las colinas, justo por encima de una localidad turística andaluza en Marbella. Volví a rellenar otro cuadro en el rompecabezas, como pista 'Con la atención desviada (9)', intentando no ser, como decía la pregunta 'distraído' por él. Sin embargo, mi visita no era desanimarle.

"Ayer, estaba sentado en la terraza de un bar, cuando vi como un hombre se acercaba por detrás a una mujer que caminaba por la calle. Extendió su brazo y mientras la cruzaba tiró de su bolso y salió corriendo." Deteniéndose, añadió azúcar al café que acababa de traerle, removiéndolo vigorosamente.

"Genial, gracias," respondí, rellenando 'arrancar', a la pista, 'tratar de agarrar algo (8)' la 'a' cruzándose con la palabra 'distraído'.

"¿Qué?" Preguntó. "¿Qué hay de genial ver un robo?"

"No, perdona, no quise decir genial a que hayas visto…. Lo que quise decir es que acababas de ayudarme en descubrir una pista." Tomé un sorbo de mi café sonriéndole a la vez.

"¿Rellenar una pista, de que hablas, no quieres saber lo que hice?" se volvió a acomodarse en su silla de caña, con el ceño fruncido.

Miré fijamente en la distancia, sin poder ver la ladera marrón, sus olivares, las villas blancas ni el mar más allá. Era demasiado, pensé, vino sin avisar y hasta donde yo sabía, no era bienvenido. Justo cuando me había sentado con la taza de café, listo para rellenar el rompecabezas del periódico de hoy, cual acababa de comprar esa mañana en Marbella.

"Seguido," murmuré, medio a mí mismo.

"¿Preguntas si le seguí? No te entendí bien, pero si le seguí, por detrás mientras corría, asegurándome de no ser visto por él. Al final entró en un bar a cierta distancia."

Siguió contándome como el ladrón se había encontrado con un cómplice y juntos habían revuelto el bolso y como volvió a salir del bar encontrándose con dos policías locales y llevándoles de vuelta al bar. Escribí 'seguido' en el cuadro. No le expliqué que hablaba de la pista 'rastrear (7)'. El rompecabezas estaba casi terminado y mientras fui descubriendo todo menos la última pista, le escuché a medias, contando como se había llevado la policía local a los dos ladrones.

Mis pensamientos fueron desviados de la última pista cuando me cogió del brazo para llamar mi atención completa. Siempre se aseguraba ser el centro de la atención en nuestras conversaciones sin permitir ninguna distracción. Señaló una herida que tenía bajo su ojo izquierdo, con moratón.

"Tuve esto por culpa de uno de ellos, quien intentaba huir," explicó. "Y cuando volvimos al primer bar, no encontramos a la mujer, nadie se dio cuenta de lo que había pasado, que de todos modos ya habían pasado una media hora. Los policías, ni me dieron las gracias, encima parecían no tener intención de buscar donde se había ido la mujer, simplemente se llevaron a los ladrones."

Siempre se estaba quejando, pensé, leyendo la última pista y a la vez intentando simpatizar con él. "No te preocupes" le dije. "Por lo menos, fuiste responsable de su captura. Y puede que ella llegue a recuperar su bolso cuando denuncie el robo."

"Pero eso no fue todo" rompió diciendo.

Que más, pensé, concentrado en la última pista, 'pizca de agua' (4).

"Cuando entré al bar," siguió, "me acercaron el camarero y un policía. No había pagado la tapa ni mi consumición antes de seguir al ladrón, ves. Así, llamó a la policía y no acabé solo con un ojo morado sino también en la comisaria igual que los ladrones. Me tomó más de una hora para poder resolver las cosas, explicar todo lo que había pasado, pagar mis cuentas y salir de ahí."

Fue difícil no sonreír a su historia. "Podrida suerte," murmuré abstraído, aún tratando de resolver la pista.

"Siempre igual," lamentando. "Acortando la historia, cuando volví a mi coche, había recibido una multa de parking, era la última…"

Se detuvo, distraído por como murmuraba para mí y mi risa ahogada.

"¿De qué te ríes?" Dijo.

"Gota," dije con satisfacción, rellenando el último cuadro.

"Si, es lo que te decía, fue la gota final." Siempre tenía que tener la última palabra.

Printed in Great Britain
by Amazon.co.uk, Ltd.,
Marston Gate.